ボクの彼女は発達障害

障害者カップルのドタバタ日記

はじめに

Introduction

ボクの彼女は、発達障害です。

この本で主に出てくるのは、ボクこと「くらげ」と、その彼女である「あお」です。
ボクとあおには、普通の人と少し違ったところがあります。
あおは発達障害、ボクには聴覚障害がある、障害者カップルなのです。

本書の内容としては、主にあおが困ったことをボクがどう受け止めたか、という話がメインです。これまであおと付き合って、さまざまなトラブルがありました。そのとき、ボクとあおがどう考えて、どう行動したのか、そういったことを書いています。

ボクとあおの障害は違いますが、あおと付き合ううえで、自分が子どもの頃から聴覚障害があって、自分の障害について考えたこと、学んだことがとても役に立っています。
しかし、ボクは発達障害について専門的に学んだことはなく、あおを理解しようとして、市販されている本を数冊乱読したくらい。ですので、この本は「発達障害者全般についての本」ではなく、「あおの本」になります。

でも、一つご注意していただきたいことがあります。

それは、この本は、普通に好きになり、普通に付き合い始めて、付き合っていくうちにさらに好きになった、そんな当たり前のカップルの話です。ただ、「付き合った相手に、お互い障害があった」という話にしかすぎません。

また、ボクは決して「発達障害者」と付き合っているのではなく、「あおそのもの」と付き合っています。あおもボクのことを「聴覚障害者」である前に「おもしろい人」として受け止めてくれています。

お互いに障害のことは無視するでも過剰に意識するでもなく、自然と受け入れられている。そんな関係を築けたことを本当にうれしく思っています。

この本にはさまざまなエピソードがありますが、その中から何か一つでも、発達障害のある人との付き合い方に悩んでいる方や、定型発達の人との付き合い方に悩んでいる発達障害のある方に役立てばと思います。

それ以上に、ボクとあおの「ドタバタした日常」を楽しんでいただければ幸いです！

もくじ
Contents

登場人物紹介

くらげ

かなりの近視+乱視。

聴覚障害のため人工内耳装用。

おっさんに見られるが、まだ20代。

身長185cm体重100kgオーバー。
縦にでかいが横にもでかい。

あお

まぶしいのが苦手なので、
外ではいつも帽子をかぶっている。

目は悪くないけどメガネ着用。
メガネは小学生用フレームがぴったり。

男子中学生に間違われるが、
これでも20代。

身長153cm。

第1章

身だしなみと
いろいろな先入観

かわいい服が着られない!?　1

あおは着るものにこだわります
のプレゼントのハンチング帽
色つき眼鏡(地味な茶)
タートルネックのシャツ
だぼっとしたダッフルコート(男物らしい)
ジーンズ(ウェストゴム)
大きな黒バッグ(いろいろなものが入っている)
でもそれは一般的にオシャレといわれるものとは違うみたいで…
えっと…
…男子中学生?
地味です。
きーっ!!

これは冬服バージョン
で、こちらが夏服バージョン
年中無休この2パターン……
脱げば?
アツイー
死ヌー
季節の変わり目はキツイよ…
ねえ?
春秋服とか買えばいいじゃん?
こんなの
ヒラ
ヒラ
この服じゃないと安心できないよ
大丈夫そのうち冬になるから…
ヨロ
フー
フラ
がんばりやさん…??
たまに新しい服を買いに行く
コレいいんじゃない?
Sale

いや
これにする
手触りが
いいし!!
え?
手触り?
そんな
違う?、
肌触り
第一
いつもの感じだ
着てみた
せめてリボンの
ひとつぐらい…
リボンとか
飾りとか
意味
わかんない
ド
ええ〜〜〜〜?!
色彩が
鮮やかな服も
嫌いだそうです
カチャ
デザインに
注目しないせいか
TPOを考えて
服を選ぶのも
苦手です
サムイー
ぶる
ぶる
ぶる
服のパターンを
減らすことで
「選択する負担」を
減らしてるのかなあ
う〜む

「また、男の子に間違われた！　男子中学生に間違われた〜！」

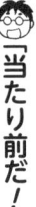

「当たり前だ！」

という会話が頻発するくらいに、あおは全然女の子っぽい格好をしていません。

数年前に買ったという男物のだぶだぶなダッフルコートに、ややゆるめの灰色と黒のタートルネックのシャツ、ゴムで腰回りを締めるタイプのジーンズ。

そしてボクが誕生日プレゼントに贈ったブルーのハンチングハットを目深にかぶり、帽子のすきまからは適当に短く切りそろえた髪が伸びていて、やや茶色が入ったメガネをかけ、いろいろな物が入っている黒の大きなバックをたすきがけ。

これが、冬の場合のあおのお気に入りのパターンです。夏は夏で、青いポロシャツを好んで着る以外はだいたい同じ格好です。

飾り気ゼロ、彩りゼロ、色気ゼロで、低身長。はたから見たら男子中学生に見えます。

さらには、あおの服装は季節感というものに乏しく、

「暑いー！　死ぬー！」

と言いながら五月末まで真冬でも通じそうな服を着てるかと思えば、

「寒いー！　死ぬー！」

と十一月半ばまで真夏でも通じそうな格好をしています。

　そんな季節の変わり目になるたびに、例えば五月なら

「そんなに暑いなら春服を買ったらいいじゃない」

と言うのですが、あおはかたくなに

「この服じゃないと安心できないんだよ〜。それに、我慢すればもうすぐ六月になって夏服にするから！」

と拒んで聞きやしません。

　どうもあおには、「夏服」「冬服」は理解できても、「春服」「秋服」というのは頭にない模様。あおの中には「何月何日までは夏服を着続けて、その日以降は冬服を着なければならない」というルールがあるのです。

「普通、服って外の気温に合わせて調整するもんだと思うんだけど」

「いやね、暑いのはわかるんだけど、ほかの服を着ると不安になるというか。あと二週間はこの冬の格好じゃないと嫌なんだよね。なんか決まってるの」

「暑い寒いよりも、そういう決まりのほうが優先されるの？」

「そんな感じ。あと、あんたもいつも暑い暑いって言ってるけど、あんたはとっとと肉を脱げ、ぜい肉を」

と、ボクの腹をギューっと握ってくるのです。

この種のこだわりは、ほかにもあります。

あおは、体を強く締めつけるものは身につけられません。

さらには、あおは服のデザインは気にしませんが、服の材質にはすごく気を使います。たまに一緒に服を買いに行き、

「この服ならシンプルだし、色もおとなしいから着られるんじゃないの？」

と聞くと、服をろくに見もしないで、まず服の生地を触ります。

「あー、ダメだ、これチクチクする」

「こっちは、ダメな肌触り」

などNGが帰ってくることがほとんど。結局、何も買わないで帰るということが多いのです。

しかし、あおがＯＫを出した生地とそうでない生地を触り比べてみても、よく違いがわかりません。

ボクの感覚でできるだけなめらかなものを選んでも、ダメなものはダメ。結局、あおにしかわからないチェックポイントを通過したものでなければ着られない。それが、男物の服ばかり、ということの一因になっています。

ボクは、あおの感覚はむしろ研ぎ澄まされているのではないか、と感じることが多々あり、この研ぎ澄まされた感覚が「あお独特の服装」を生み出してるんじゃないかなと思っています。

また、あおには、ほかにも「独特のルール」があります。

あおの服は飾りを極端に排除したうえ、色も抑えめ。

「なんで飾りがあるのってダメなの？　ワンポイントおしゃれとかあるらしいよ、ボクもよくわからないけど」

「飾りとか派手な色とか、なんのためにあるのかわからないの！」

そして「わからないもの、納得できないもの＝気持ち悪いもの」とあおはとらえてしまうので、納得いかないものは身につけられない。なので、飾りは排除した服を好みます。

先ほどの「何月まではこの格好をしなければならない」というのも一種のルールです。

「なんでそんな面倒なルール決めるの？」

「自分でもわからないんだけどねー」

「うーん、『なんでかわからないけど』というのがわからないんだけども」

「なんとなくそうしないとダメ、っていう感じかなぁ」

「そのルール、なんでそうなのか考えて、捨て去ることはできないの？」

「なんで決めたか理由がないから、捨てる理由もないんだよねぇ。自分でも大変なんだけど、守らないとイライラしたり＊頭がガーッてなったりするから」

あお本人も大変なのですが、そういうルールを守れないのもまた、不安になるのです。

ほかにも、「服のパターンの種類の少なさ」というのもあります。

あおの基本的な服のパターンは、先述のとおり「夏服」「冬服」のみ。

「きみはホント、服装に関しても頑固だよな」

「頑固というか、そうしなきゃいけないと思うんだよー！」

それを頑固というのだと思うんですが、どうも「そうしなきゃ」と思うとそれしかできない、という思いこみの強さが原因のようです。

＊あおはパニック状態になることを「頭がガーッとなる」と表現します。

また、あおはＴＰＯを考えるのが苦手です。
普通ならＴＰＯの枠で服を〝限定して〟、その中からさらに条件を絞っていって…、という優先順位をつけて、最終的に納得いくものを選ぶのでしょう。
しかし、あおは優先順位というものをつけるのも難しく、また、条件というのを設定するのが苦手です。ですから、「服を選べ」と言っただけで、簡単に「頭がガーッとなってしまう」のです。

なので、あおは**「夏はこれ！」「冬はあれ！」**と自分でルールをつくってしまったようです。これならある程度考えなくても、安心して着替えることができます。

しかしそれでもあおは、あお自身のルールと現実とのすり合わせにすごく疲れてしまっています。
その疲れ具合でふさぎこんでしまう場合もあります。そのようなときは、ボクができることと、例えば現実を少しでもあおのルールに合わせてやれるように調整するとか、自分の考えを押し付けないようにするなどして、疲れ具合を減らす方法を一緒に考えてきました。

さて、ボクはあおの服装に関してどんなふうに思っているかといえば、「別にあおが楽に受け入れられる服装ならなんでもいいよ」というスタンス。

そりゃあボクも男ですから、「こういう格好をしてくれればいいなぁ、というのはありますが、無理に好みを押し付けたら、ボクの希望とあお自身のルールという二つの間でつらくなってしまいます。

ボクの希望はあくまでもボクのもの。あおを苦しめてまで押し付けてはならないのですよ。服装はあくまでも上辺にしか過ぎず、ボクが周囲の目を気にしなければなんとでもなる話。誰かに不快感や危害を与えているわけではない。それよりもあおという楽しい人間と付き合える喜びのほうが、よほど大事です。

ちょっとボクが考えを変えるだけで、あおが楽になれば儲けものなのです。

服を買いに行ったらパニック！ 2

どう?
うーん
女性物は着られないんだよね
女性なのに女性物が着られない?
メンズならなんとか…
なるほどこれが
話に聞く「こだわり」特性か!!
ピーーン
じゃ男物買おう!払うよ!
えっ…
…ありがとう
よしッ!買えた!!
こうやってじょじょに慣らしていけば…
ムフーー
………

それから…
コーディネーター役に友人のMさんも巻き込み
よろしく
誰？
あの手この手で
似合う似合う
こういうのいいよねー
FASHION
プレゼント
LADY's
あおに女性向けの服を着せようとしたのですが…
ねぇ
どうして買ってあげた服を着ないのさ？
いつもの↓

せっかく買ってあげたんだから着てね?
ねっ?
……
翌週――
同じ服↓
ピキ
ピキ
なんで着ないんだよ?!
どか――ん
ボクのために着てよ!! ホラっ!
ばっ
なんでかなんて…
わかんないよ
ばふん
でもどーしてもダメなの!!
服を投げ捨てたまま
バタン
あおは帰っていきました

今でこそあおと付き合ううえでのルールが確立していますが、ここにいたるまでは、さまざまな失敗がありました。

これからお話しするのは、付き合い始めてすぐのことです。

その頃、あおはまだ発達障害の診断を受けていませんでした。

しかし、ボクは当時、障害者支援の仕事をしていたこともあり、付き合って早々に、あおに「何かしら発達障害があるのでは」と疑念をもつようになりました。

そこで、付き合って二か月ほどたった頃、ストレートに聞いてみました。

「なぁ、きみはもしかして、発達障害があるの？」

「うん、診断はないけど、あるんじゃないかなーと思ってる」

「そうなんだ、やっぱりね～」

それがボクに対するあおの発達障害のカミングアウトでしたが、この話をした相手には大体あきれられるくらい、実に軽いやりとりでした。
というのも、ボクは自分を含めて周りに障害がある人が多かった。そもそも我が家は、母方の祖父、母、ボク、弟がそろって難聴です。また、知り合いに聴覚障害やその他の障害がある人も多いのです。

なので、あおが発達障害があるかもと答えたときも、さほど驚きませんでした。「障害があるのならボクがサポートしていけばいいかな」と思い、このときはそれ以上深くは話しませんでした。

しかし、実際に付き合うのと、頭の中で発達障害を〝知った気になっていた〟のは大違いでした。その違いで大失敗をしたというのが、今回のお話。

さて、その当時あおがよく着ていた服装はといえば、「ボロボロの緑のパーカーに擦り切れたジーンズ、ベースボールキャップ」といういでたち。ボクとしても、付き合いたての彼女の服装に「それはないだろう」という気持ちはやはりありました。

**「なぁ、きみの格好はちょっとボロボロだから、新しい服を買いに行かないか？」**

**「服かぁ……。服なんか着られればいいんだから気が進まないんだけど…」**

**「とりあえずボクがプレゼントするから、どこかお店に行かないか？」**

と話をつけて、まずは近所の衣料量販店に連れて行きました。

まずは女性物のコーナーに行ってみましたが、**「女性物？　着られないんだよね…」**と言う。しかし、それは単に「慣れてないのかな」と思って、あれこれ勧めるボク。しかし、あおは**「うーん」**と首をかしげるばかり。

そこで、「そういえば発達障害者の特性にこだわりってあったな。となると、男物しか着ないというこだわりがあるのかな？」と、考えました。

これは大当たりで、男物のコーナーに連れて行って、なんとかジャケットとジーンズをセレクトでき、それをプレゼントしました。

あおは**「ありがとう」**とは言うものの、あまりうれしそうではなかった。しかし、ボクは「あおに、ちゃんとした服を着させる第一歩」と喜んでいました。

実は、この時点であおはかなりいらつきが高まっていました。でも、そのときボクはそれに気づけませんでした。

「とりあえず服は買えるんだ」と自信をもったボクは、次のアクションに移るべく、数少ない女性の友人であるMさんに助言を求めます。相談内容は「どうやったらあおにかわいい格好をさせられるか」という内容でした。

その結果、「女性の服に慣れてないんだったら、とりあえずかわいい服を買って、着飾る楽しさを覚えればいいんじゃない?」という方針が決まりました。今思うと、本当に無謀でした。

その後は連日、Mさんとあおを交えて、女性の服を着るように「説得」する日々でした。あおはこの時期のことを「かなりつらかった」と言っています。

しかし、一応は「無理強いしないなら」ということで、三人で服を買いに行くことになりました。

結果から言うと、あおはパニックを起こしました。

あおをほとんど置いてけぼりにして「アレがいい、これがいい」と盛り上がるボクとMさん。あおは無口になり、もう首を振るのがやっとの状態。でも、盛り上がってしまった二人はそれを「恥ずかしがっているのだろう」と誤解し、さまざまなショップに入っては店員を含めて、あおを着せ替え人形のように扱って、いろいろと服を買ってしまいました。

そんな状態が数時間続いたあと、あおの反応は完全になくなりました。あおがパニックになる状態を知らなかったボクとMさんは、かわるがわる声をかけて反応を引き出そうとするものの、ついにあおは耳をふさいで泣き始めてしまいました。

それが、ボクが初めて経験したあおのパニック体験でした。

一時間くらいたったあと、あおはなんとか反応を取り戻し、**「ごめん…」**とだけ小声で謝りました。しかし、どうしたのか聞いても**「いや、疲れただけ」**と答えるだけなので、慣れないからそんなものなのか、と納得してしまいましたが、今から思えば、その裏側にあるものをもっと深く考えるべきでした。

その時はそこで解散。さらなる問題は、後日起こりました。

次のデートでも、その次のデートでもせっかく買ってあげた服を着てこない。

**「なんで買ったものを着てこないの？」**

**「今日はそういう気分じゃなかったから…」**

**「じゃ、今度着てきてね」**

というやりとりをするも、次回も着てこない。

服は全部ボクが結構高いお金を出して買った物なので、さすがに腹が立ってきます。

そこで、買った服を差し出して、

**「せっかくボクが高い金を出して買ったんだから、ちゃんと着てよ！　ボクのためだと思ってよ！」**

**「そりゃ、自分だって女性の服が着れたらいいと思うけど！　そういうの全然ダメなの！　わかってよ！」**

あおは初めてボクに怒りをぶつけ、その服を投げ捨てました。

そのときはボクもあおの服装に対するイライラが募ってしまったこともあり、ケンカになってしまいました。捨てられた服もそのままに、あおは帰っていきました。

その後、実際に会うこともチャットで会うこともなく、数週間がたちました。

このときは、お互い「価値観が合わないんだから、別れようかな」と考えていた時期でもありました。

そんなとき、一緒に服を買いに行ったMさんと酒を飲む機会がありました。

Mさんはボクとあおが会っていない間になぜかあおと意気投合して、いつのまにかあおと遊びに行く仲になっていました。

**「くらげ、あおちゃんのことなんだけど」**

「うん？　あおがどうしたの？」

「あの子の服装だけど、確かに変かもしれない。でもね、あの子は本当におもしろい子だよ。服装にこだわらず、付き合い続けてみるといいんじゃないかな？」

「でもなぁ、あの格好のままだとちょっと恥ずかしいんだよね」

「あんたねぇ！　彼女をなんだと思ってんの！　女性は思いどおりになるペットじゃないんだよ！」

「でも、発達障害があるわけだから、それで服が着られないんだよねぇ…」

「あおちゃんにとって、あんたは大事な人なんだよ。こんな自分に告白してくれたって。でも、あんたの思いどおりの服がどうしても着られないことに本気で悩んでるの！　あんたは服装とあおちゃん、どっちが大事なわけ!?」

「う、うう…」

「確かに、くらげが何度お願いしても、どうしても着ることはないと思うけどね。でも、よく考えなさいよ、このまま別れてもいいの？」

その後、ボクは図書館に向かい、発達障害の理解に努めました。知識ではなく、あおを理解する手段として。

いろいろ調べたり悩んだりした結果、「発達障害のあるあおにとって、人の好みの服を着せられるというのはものすごく苦痛で、〝いつか慣れる〟というものじゃないんだ」と、おぼろげながら理解しました。自分がいかにあおを苦しめていたかも。

そこで、ボクはあおに連絡をしました。

**「服装の件は、ごめん。何もわかってなかった。もう服を強制したりしない」**

**「わかってくれて、ありがとう」**

これでようやく仲直りしました。

確かにケンカもしたし、いらつきもしました。でも、この出来事が「発達障害を知るということと、実際に付き合うことの違い」について理解することになり、今のボクたちをつくる第一歩になったと思っています。

なお、当時買った服ですが、今もあおの家のクローゼットにちゃんとしまってあります。多分、今後も着る日は来ないでしょう。

でも、あおは**「買ってもらったことはうれしかった。だから今もしまってある」**と言ってくれました。

ボクは、その服を見るたびに、過去の無知を見せられるようで苦笑してしまうのですが、それでも、これがスタートになったんだな、とどこか満足した気分になります。

いろいろあって、いろいろ乗り越えてきた。その象徴として、あおのクローゼットにしまわれた服。

それが、いつまでもしまわれたままでありますように。

化粧ができないよ 3

あおは化粧が嫌いです
嫌いっていうかー…
そもそもなんでしなきゃいけないのかわかんない！
あおは必要だと納得しないとできない性分なのです
これも「こだわり」か…
しかしそれ以上に深刻な理由
じーー
SKIN
それが皮膚の過敏

ファンデーションなどはもちろん
軟こうなどの塗り薬や
無香料のリップクリームさえも
ダメだーー!! 気持ち悪い!!
でも 唇ひび割れててすごく痛そうなんだけど
ごしごし
リップクリーム塗るくらいなら痛いほうがマシ!!
うう〜〜 でも痛い
やっぱり塗っとく?
それは断る!!
唇だけでそんなだったら顔全体なんてそりゃあ大変なんだろうなぁ…

「化粧ってなんで必要なの？」

あおはよくボクに聞いてきます。そのたびにボクは返答に困ります。

「きみがボクに『ヒゲを剃れ』って言うのと同じじゃないかなぁ」

「でも、それはきみがヒゲを伸ばすと不審者だし、だいたい頬をさわるとザラザラしてダメなんだよう」

「女性の場合、化粧をしないと変な人扱いされたりするとか？」

「女性の顔は素顔が不審者ってわけ？」

「いや、そうではないけど…。かわいくなりたいとか、そういうのが動機だと思うけどな」

「なら、別にかわいくなくてもいいんだったら化粧しなくていいの？」

「まぁ、きみは化粧しなくてもかわいいからな」

「そうかねぇ？　あんたの顔も化粧すればマシになるかな？」

「気持ち悪くなるだけだね」

こういう話をするたび、あおは「**女って面倒だなぁ**」と言います。

「**なんで女性だけ化粧するんだろうねぇ、みんなめんどくさくないのかな**」と納得がいかない様子。あおは「自分で納得いかないものは絶対にできない」という性質が強く、これもそのこだわりの一つでしょう。

しかし、それ以上に化粧ができない原因があります。皮膚が過敏すぎて、化粧をすると皮膚がぞわーっとして、一瞬でも早く洗い落としたくなります。

これは化粧に限ったことではなく、皮膚に塗りつけるもの、例えばリップクリームや軟こう薬などもまったくダメ。

ですので、真冬などはよく唇が荒れてひび割れて、見るからに痛そうなのですが、

「唇、痛くないの？」

「リップクリームを塗るなら痛いほうがマシ！」

「そんなにダメか？　痛いほうがきついと思うけど」

「なんかねぇ、まとわりつく感覚が気持ち悪すぎて。痛いのならまだ我慢できるんだけど、リップの感覚はどうやっても我慢できないの」

唇にちょっと塗るリップクリームでこれですから、顔全体に何かをつけるという化粧は、もはや拷問の域に達しているようです。

あおの成人式のときの写真を見せてもらったことがあり、その写真ではちゃんと化粧をして

いたのですが、あおいわく、「地獄のような二時間だった」とのこと。

**「このときほど、女性に生まれたことを後悔したときはなかった……」**

と言い切るくらいですから、よほどきつかったのでしょうね。

さて、そのくらい化粧がダメなあお。あおが何か〝できない〟というのは立派な理由があって、それは動かせないもの。「慣れればいいじゃないか」という考えもまたあるでしょう。しかし、その感覚に本当に慣れるのか？ リップクリーム一つでも痛みを我慢したほうがマシだという不快感を、慣れるまで強制するのか？

なぜ「そこまでして化粧をする必要があるのか」をボクは説得できる自信もなければ、そんな膨大なストレスをかける行為を強制していたら、すぐに別れを告げられるに違いない。ボクはあおが好きですから、振られたいとはみじんも思いません。

では、そうならないために、ボクがしたことは簡単なことでした。

「あおが無理に女性らしくある必要はない」と納得すること。あおはあお、ちょっとほかの人とは違うけど、ボクのかけがえのない彼女。化粧もまた器を飾るものに過ぎず、あおのおもしろさは、会話やじゃれあい、とっぴもないアイディアでボクを楽しませてくれることにあるのです。

結局はボクが考えを変えればいいだけでした。あおはあお、ほかの女性はほかの女性。その考えに至ったとき、「あおをボクに合わせる必要はない、ボクの考えをちょっと変えるだけで、あおは楽な状態でいることができるんだな」と心が軽くなりました。

発達障害者に限りませんが、「相手がどうしてもダメなもの」がある場合には、「自分の考えを変えてみる、常識を疑ってみる」というのが一つのポイントかもしれないなと思った出来事でした。

メガネにはこだわる 4

ある日 あおから メールが届きました
目が痛ーい!!
なんでも 新しいパソコンを 買ったので
いろいろ 設定していたら 目が痛くなった とのこと
前に、あおが 「まぶしくて 目が痛い」と 言っていたのを 思い出し
モニターの 光度を下げて 暗くしたら?
カチャ カチャ
と 返したら

あっ!?
よくなった!!
おぉ 当たった
どうも あおは
まぶしいのが極端に
ダメみたいなのです
どうして
わかったの?
エスパー?
いえ 推理です
まぶしいのが
つらいなら
サングラス
かけたらいいん
じゃないの?
サングラス
似合うやつが
なかなか
なくて…
えっ?
服は
似合うとか
気にしないのに
メガネには
こだわりたいん
だよねぇー
あおの こういう
こだわりのツボは
今でもよくわかりません

「目が痛いー!!」

ある日、いきなりそんなメールが届きました。

あおは「たまに目の前が真っ白になる」と言っていたので、いきなりそういう状態に襲われたのか!?　と心配になり、あわてて「どうした!?」と返信しました。

その数分後、

「新しいパソコンを買ったとたん、目が痛くなった！」

というメールを受信。

なんでも、新しくパソコンを買ったものの、いろいろ設定していたら目が痛くなったとのこと。

もしかしたら、と察して、「モニターの光度落としたら?」とアドバイスしたところ**「あっ、目が痛くなくなった！」**と返ってきました。

どうも新しく買ったパソコンのモニターが特に光度が高いモデルだったらしく、光度を下げないとまぶしくて作業ができない、という状態だったようです。

そう、あおは視覚過敏もあり、過度にまぶしいのもダメなんです。

「今までどうやってパソコン使ってたんだよ…」とお思いの方も多いと思いますが、あおの家でパソコンを確かめてみたら、確かに新しいモニターは明るい。前のパソコンでは光度を落としていたのではないかと思います（本人はそのこと自体も忘れていたようですが）。

「なんで、目の痛い原因がわかったの？　あんたエスパー？」

「いや、きみは視覚過敏じゃん」

「あー、その発想はなかったわー。どうりでパソコンがまぶしいと思った」

「いや、前からいろんなところで『まぶしくて目が痛い』って言ってるし、帽子も半分は日差しよけだろ？」

「自分の状態知るのが苦手なんで」

「しかし、まぶしいのがダメなんだから、サングラスかけろっちゅうに」

「サングラスかけると、似合わないとか変とか言われるからな〜」

「そういうところは気にするんだ、服装は気にしないのに」

「服装はどうでもいいけど、メガネにはこだわりたいんだ」

「おまえのこだわりが心底理解できん……」

こんなやりとりの数日後。最近とみにボクの目が疲れやすくなってきたこともあって、ボクとあおはあるショッピングモールのメガネ屋で、最近話題の「ブルーライトカットメガネ」を見てみることにしました。

ボクが「ブルーライトカットメガネ」を試着してみると、確かにサングラスほど色がないわりには光が抑えられて、スマートフォンなども見やすい感じ。ただ、ボクは強度の乱視があるので、かなりレンズの値段が高くなってしまい、「今日のところはあきらめるかー」と帰ろうとしたところ、一つ思いついたことが。

**「あれ？　これならあおの視覚過敏に効果あるんじゃ？」**

というわけで、さっそく実験。

あおがブルーライトカットメガネをかけたところ**「なにこれ、まぶしくない！」**とびっくり仰天。**「これなら日常でも使えるなぁ」**と言うので、実験成功。

翌日、あおから**「仕事場の近くのお店にあったから注文したー。楽しみー」**というメールがあり、ふだん高額な買い物はかなり渋るあおにしては決断がとても早い。よほど気に入ったんだろうなと思いました。

数日後、**「届いたー。なにこれスゴイ、普通の人っていつもこんなにまぶしくない世界を見てるわけ!?」**と感激のメールが届きました。

結果として、このメガネを買って以来、まぶしさで目が痛くなることは少なくなったようです。

もし、周囲に知覚過敏で困っている人がいれば、何か使えるものがないかなと一緒に考えるのも大事です。ちょっとした工夫で大幅にストレスが軽減するかもしれませんね。

梅永雄二先生のメッセージ①

さまざまな発達障害と感覚過敏

発達障害には、文字を読むことが困難なディスレクシア、計算が苦手なディカリキュリアなどのLD（学習障害）、不注意・多動・衝動性で定義されるADHD（注意欠陥多動性障害）、そして社会性、コミュニケーション、想像力に困難性を抱えるASD（自閉症スペクトラム障害）があります。その中で、本書のあおさんは、ASDに該当すると思われます。

ASDの人たちの中には、視覚や聴覚、味覚、嗅覚、触覚、温覚、冷覚などの感覚がとても過敏な人が多く、あおさんも例に漏れず「独特な感覚」を所持しています。極端に暑がりだったり（温覚過敏）、服の肌触りに敏感であったり、化粧が苦手（触覚過敏）といった特徴が現れています。

なかでも、視覚はとても敏感です。新しいパソコンを買ったとたん目が痛くなった結果、モニターの光度を落としたら目が痛くなくなったというのは、定型発達の人に比べ視覚が敏感すぎたからだと考えられます。

英国の女優でキーラ・ナイトレイという方がいます。彼女はちょっと変わったメガネをかけていますが、このメガネは「アーレンレンズサングラス」というものです。もともとはディスレクシアの人たちが文章や文字を読みやすくなるために使用されていたのですが、高機能ASDのドナ・ウィリアムズさんもこのサングラスをかけることによって視覚刺激を遮断でき、物が見やすくなったといわれています。本書に出てくる「ブルーライトカットメガネ」はこのような役目を果たしたのでしょう。

また、ASDの特徴の一つである、想像力に困難性を抱えるということは、別の言い方をすれば「柔軟性がなく一つのことにこだわってしまう」ということになります。あおさんの洋服へのこだわりや独特のルールはそのような特性の一つです。この独特のこだわりは、ある面、一つのことに集中することにつながるため、職人やIT技術者などで成功をおさめている人もいます。

しかしながら、こだわりが強いためにちょっとした変化に対応できず、学校時代は遠足や運動会などの行事に対応できなかったということが頻繁に聞かれます。日々の活動においてパターン化されたルーティンなスケジュールであれば混乱しないため、周りの人がそのような特性を理解することが大切です。

Column

くらげとあお、二人の出会い

くらげです
ボクは聴覚*に障害があり 補聴器を使っています
実は この補聴器が ボクとあおとの 出会いのきっかけ だったんです
ねっ
だっけ?
そんな ボクたちの なれそめ話
ある日友人から届いた 一通のメール
ん?
それが 始まりでした
2chのフェチ板に 補聴器マニアの スレッドがあるぞ
へー?

＊進行性難聴で、中学〜高校のときほとんど聞こえなくなり、現在は人工内耳を装用しています。

補聴器マニア？
そんな人種が
いるのか…？
マウスを
クリック
する音
カチッ
カチッ
いました。
うわぁ
書き込みが
こんなに
世界というのは
案外広いものです
それから
その板にちょくちょく
書き込みをする
ようになり
オフ会にも出る
ようになり…
仕事も
してた
三年ぐらい
たった頃…
オフ会に
新しいメンバーが
やってきました
こんにちは
あおです…

ピニャアァン
かっ…かわいい!!
超好み!!
ぐっ
でも服が変!!
おっきいんですね
ボロボロ?
第一印象はそんな感じでしたが
補聴器スレやメッセでやりとりをするうちに
いい子だな話もおもしろいし
と思うようになりました
スレ＝スレッド
メッセ＝メッセンジャ

告白…
しちゃうか!?
カッ
だって 今
フリーだって
言ってたし!!
重要
カチ
カチ
カチ カチ
服が変 とか
なんか元気がない とか
しゃべり方が暗い とか
気になることは
あるけど…
グズグズして
誰かに
さらわれたら
後悔する!!
付き合って
くださ——い!!
カチッ
告白もメッセで
ずしゃあ
いいけどー
返事も
メッセでした
テンション
低ッ!!

第2章
お出かけでドタバタ！

チョイスができない！ 5

あおはメニューを選ぶのが遅い……
決められない…
「アレが食べたい」みたいな気持ちが出てくることがそもそもないんだよね
欲が薄いというか…
食べたいものばかり
だから自分が何を食べたいのか探りつつ…
見たらこれじゃなかった
この組み合わせはアリなのかと考えつつ…
デザートばっかり

必要な要素を全部考えたか考えつつ…
ぷしゅううぅぅ
アレもコレも食べたくて迷っているわけではないんだね
何が「正解」かわからなくて延々と考えちゃう感じかなぁ…
この話をしてから
一緒に出かけたときは
これは辛そうだよね
今日は暑いから冷たいのがいいかも
あおの中の「正解」を一緒に探るようなヒントを出します
時間もかかるし大変だけど
うん じゃコレにする！
ありがとう
この笑顔が見られるのだから… ね‼

実は、というほどでもないですが、ボクとあおが会っている間は、基本的に外食です。

また、家デートというか、二人で家に引きこもっている日も、ほとんど自炊するということはありません。したがって、はいずるように食事をしに出るか、近くのコンビニで弁当を買って家で食べる、ということになります。


エンゲル係数的には非常によろしくないのですが、ボクもあおも料理というものが徹底的に苦手。


ボクは普段の生活では自炊することもありますが、料理といえるか疑問なくらいシンプルで、あおに食べさせられるほどの自信がありません。

しかし、さらにひどいのがあおで、自炊能力がゼロ、むしろマイナスに近い。

あおは今は実家暮らしなので、母親が食事を作ってくれるため餓死するようなことはないのですが、まず、レシピが読めません。


レシピ本を開くと、「少々」や「適当に焦げ目がついたら」などという言葉が並んでいます。

普通なら、「だいたいこのくらいかな～」と想像してレシピを見ながら調整することが可能です。

しかし、あおはその「少々」や「適当」という言葉を目にした時点で、**「わけわかんない」**

と混乱してしまうのです。
「大さじ三杯」や「計量カップで何㎖計って」というのはなんとかなるのですが、「少々」などあいまいな言葉があると、途端に理解できなくなるのです。
発達障害者でも理解しやすいレシピ本ってないでしょうか……。

また、あおは注意力散漫というか、同時に複数のことに注意を向けることができないので、家事をしていたら火事になるというジョークのようなことを起こしそうだし、包丁を持たせたらボクがハラハラしてどうしようもない。

というわけで、どうしても外食や弁当に頼りがちになるのですが、だからといって食事の問題が解決するかといえば、今度はまったく別の問題が現れます。

デートで外食先を選ぶというのは、普通のカップルでも大きな悩みだと思います。
「あんまり安いところだとみっともないし、かといって高すぎるところだと財布が痛いし…」「雰囲気重視にするべきかな…」「定番ばかりでは飽きるし…」などと悩んだ経験がある方も多いと思います。同様に、ボクも外食に行くたび、頭を悩ませることになるのですが、ちょっと違う事情によるものなんです……。

もちろん、付き合い始めた頃は「おいしいお店かどうか」とか「雰囲気がいい店かどうか」などを気にして、いろいろなお店に行ってみたりしました。

でも、あおはどこに行ってもあまり反応が変わりません。むしろ、味も雰囲気もさほどでもないけれど「近いから」という理由でよく行くファミリーレストランのほうがくつろげるようだと気づきました。

なぜかな、と考えたとき、「初めて行く店ではメニューを選ぶのにすごく時間がかかる」ことが多いということに思い当たり、あおに聞いてみました。

「ねぇ、メニューを選ぶのってそんなに大変？」

「そうだね。いろいろなものがあるとね、混乱するというか、選ぶのが苦痛」

「なんで？　好きなものを選べばいいんじゃないかな？」

「何を食べたい、というのがまずわからないしなぁ」

「どれも食べたい、とかじゃなくて、何を食べたらいいかがわからないの？」

「うん、何を食べるのが正しいのか手がかりがないとね、すごく苦しいときがある。どんなメニューが出るかわからないところだと、なおさらだね」

そう。あおにとっては、「行ったことのない店のメニューを選ぶ」というのは、ヒントも何もない状態で「正解を探せ」と言われているようなものなのです。

ボクも優柔不断なほうなのですが、それは**「あれもこれも食べてみたいけど、全部は食べられないしな〜」**という理由で迷うわけです。それが、あおの場合は**「何を食べるのが正解なのか」**という一種の強迫観念にとらわれて選ぶことができない。

でも、食事のメニューを選ぶのに「正解」というのはないですし、あおの中でも正解がきちんと定まっているわけでもないので、モヤモヤ。なので、メニューを見ても「書いてある内容」はわかっても、選ぶとなるとすごく難しい作業になるのです。

そういうときは、ボクが**「今日は暑いから冷たいのがいいよね」「これは辛そうだから、やめておこう」「野菜が多いほうがいいよね」**などとさりげなく「あおの中の正解」というモヤモヤを言葉にしていき、一番「正解に近いかな」と思えるようなメニューを一緒に考えていくのがいいんだと気づきました。

また、あまり新しい店には行かず、よく行く街ごとに二〜三軒ほどお気に入りの店をつくって、ボクの気分やあおの体調に合わせて選ぶことにしました。

そうすると、ボクもあおの様子を見ながらメニューを選ぶのを手伝うのも楽ですし、あおもそれほど混乱しなくなりました。

日々、さまざまな選択を迫られるのが人生というものですが、外食のメニュー一つとってもこんな混乱が起こるのだから、あおの日常生活というものは、ボクには想像できないくらい大変なのでしょう。

でも、「俺の言うとおりにしろ!」と上から命令することもまた違う気がするのです。

確かに、一緒に時間をかけて考えていくよりボクが選んだほうが、早く解決したり、お互い楽なときもあるかもしれません。

でも、あおの中には、あおなりのポリシーがあって、そこにたどり着くまでのルートがわからないだけ。ならば、ちょっとずつでもあおの中のモヤモヤを形にしていって、ゴールにたどり着くのを手伝う。

大変ですけど、あおが**「わかった!　ありがとう!」**と言ってくれることと、そのときの笑顔がうれしくて、ボクは今日も頭をひねりながらあおと付き合っていくのでした。

くらげ

「料理ができない」って言うけど、どのくらいできないの？

あお

卵を爆発させたり？　あと、カップ麺作れない。

くらげ

どうすればそんな爆発とかするのか…

あお

まず、レシピが読めないのねー。
AとBを同時にするとか絶対に無理。

くらげ

実際に作ってるところを見ても無理？

あお

親はいろいろ教えようとはしてるんだけど、
処理速度が遅いからなのか、なかなかわからない。

くらげ

で、苦手意識だけが残っちゃうんだね。

あお

そんな感じー。でも、みんな
「女性は料理できないと」とか言うからつらい。

くらげ

俺は気にしないけどなぁ。
一緒に暮らすなら役割分担すればいいし。
女性とか男性とか関係なく、
やれる人がやれることをすればいいと思うよ。

あお

そんなんでいいの？　ありがとー。

チョイスしたらそれがパターンに 6

あおと
カラオケに
行くと
いつも
同じ曲…
しかも
いつも同じ
順番で
歌います
だから
あおのレパートリーの
曲を誰かが先に
入れたりすると…
KARA OKE
ちょっと
パニック
これも
こだわりなの
かなぁ…
靴を
買い替える
ときも…
シューズプラザ
決算セー

今 あるものと 似たものを 探します
やった！ そっくり!!
これで 三年は 戦える！
戦ってたの!?
道なども 一度到達できる 道を見つけると ずーっと 同じ道を使います
Go
こっちのほうが 地図で見ると 近いよ？
そうだね
でも 行きません
外食のときも この店なら A定食
あの店は ピザとサラダとか 決めてたりします
たまには ほかのもの 頼もうとか 思わない？
思わなくも ないね…
もぐ もぐ
でも 頼みません

さて、今回は一つのものを選んだらどうなるのか、という話です。

発達障害のサポートブックなどを読むと「発達障害者はこだわりが強い」という説明が、必ずといっていいほど書いてあります。

あおもかなりこだわりが強いほうですが、ボクがあおと付き合っていて気づいたのは、「こだわり」にもいろいろあるということと、その背景にある理由もさまざまだということです。

例えばカラオケも、

「そういや、あおはカラオケに行くといつも同じ順番で曲選ぶよね」

「そう？　あんまり意識はしてないけど」

「うん、そろそろあの歌が来るなーとかだいたいわかる」

「うーん、なんか同じ順番でないと嫌なのかも。こっちが歌いたい曲をほかの人が先に選んだりすると、ちょっとパニックになる」

「あおなりの秩序があるのかなぁ」

「そうかもしれないねー、自分でもわかってないけど」

というようなこだわりがあります。

ほかにも、靴屋に行ったときも、今履いているのと似たような靴しか買いません。

ある店ではほとんど同じ靴が置いてあって**「やったー！　これで三年は戦える！」**と歓喜していたことがありました。いや、その前に買い替えなさいよ。

服についても、いつも同じパターンの服を着るというのは前章で触れたとおり。

また、どこかに行く場合も、一度覚えたルートは、たとえほかに近いルートがあったとしても、必ず最初に決めたルートしか使いたがりません。

ボクは積極的にもっと近いルートを探そうと路地に入ったりするのですが、**「そっちの道は覚えられないから行きたくない」**などと言われるのです。

ボクは最近、駅から歩いて一五分ほどの距離にあるアパートに引越したんです。比較的わかりやすい道順なのですが、それでもあおは、いまだに場所がわからず迷子になることがよくあります。

なので、道を覚えられないうえ、「今いる場所」を認識するのがすごく苦手なので、一つのルートにこだわるように見えるのかもしれません。

本当に短い距離でも簡単に迷子になるので、たとえ駅前に用事がなくても、あおがアパートに来たり、家に帰るために駅に行くときは、毎回送り迎えをするのです。動くのがおっくうなボクは**「めんどくさいー！」**と言うのですが、あおは**「ダイエットだ、ダイエット！」**と言ってきます。本当は早く会いたいし、帰り際も寂しいからボクの送り迎えを喜んでるんじゃないかなーと思っていますが。ツンデレ⁉

さて、この「一つのことを決めたらそれを繰り返す」というのは、外食でも当てはまります。

行き慣れたお店なら、もう定番のメニューというのが完全に決まっています。「このお店はこのセット」「あのお店はピザとサラダ」というようにです。

そもそも、あおはボクと正反対で、食欲というのがかなり欠落している面があります。何か食べたいものはないか聞いても、**「何も思い浮かばないなぁ」**と言うことがほとんど。

なので、基本的に同じメニューばかりを選ぶということになります。それがあおの中での「正解」だからでしょう。

**「ほかに食べたいのはないの？」**

**「たまには別なものを食べたいと思うんだけど、怖いんだよね」**

「怖い？　なんで？」

「いつもと違うというのが不安でね」

この不安な感じというのは、「正解」から外れること、未知のものに遭遇するということがすごく精神的な負担になっているのだと思います。

東日本大震災直後の話ですが、いつも頼んでいるメニューが入荷の関係で品切れになっており、それが原因でパニックを起こして寝込んだことがあります。

この外食の問題もあって、遊びに行ける場所がすごく限られているのも問題といえば問題かもしれません。

ボクたちがよく行く上野や秋葉原などには安心してメニューを選べる店が数店あるのですが、ほかの街にはほとんどコレといったお店がありませんし、初めて行く施設にも尻込みすることが多いのです。

すると、近隣のショッピングモールや上野や秋葉原くらいしか安心して遊びに行ける場所がない、ということになります。

まぁ、上野には科学博物館や動物園などがあって、何度行っても飽きないので、それほど問題があるわけでもないですけど（あおの特にお気に入りの動物はハシビロコウ。あおがハシビロコウと同じく何分も動かず眺めている姿がおもしろかったりします）。

しかし、たまに用事や買い物で別な街に行くことが必要になることがあります。その場合は、入念……というほどでもないですが、ある程度の準備は必要になります。

あまり人が混み過ぎない時間を選んだり、食事は静かな店で食べられるように調整したり、ということです。

なので、ほかの街に行っても長時間そこにいるということは、めったにありません。

でも、それだけだとボクがつまらないので、あおがストレスなく行動できる範囲を少しずつ広げていくようにしています。

例えば、最近だと東京スカイツリーの天望デッキに連れて行きました。これは、あおが高いところが結構好きというのを知ったので、ではスカイツリーに行ってみようか、という話になりました。

その際、ソラマチや水族館などもついでに見て回り、おもしろいものがないか、あおに積極的に聞いたりしました。興味をもっていても口に出すのが難しい場合があるので、ボクから積極的に質問して、あおが何を考えているか引き出していくわけです。

そしてスカイツリーの天望デッキですが、あおは気に入ってくれました。でもその理由は、実はボクは高所恐怖症でして、**「天望デッキのガラス床に立ったとき、周りの子どもがはしゃいでいるのに、きみだけ腰砕けになっててておもしろかった」**とのことでした。

…まぁ、楽しんでくれたようで何よりです。

一度行って興味をもったところは、次回からは比較的すんなり行けるようになるので、今後もあせらず少しずつ、一緒に遊べる場所を増やしていきたいと思っています。

できれば、高くないところで。

いつものレストランが満席でパニック！ 7

聴覚過敏があるあおは耳にいつもノイズキャンセリングイヤホンをつけています
大きな音だけでなくざわつきや雑音も苦手なので
これがあるとかなり楽～♪
それでもときには許容量を超えるときがあり
あおの場合それはパニックとなって表れます
ある日のこと
ファミリーレストランに入ったら
満席です
すごく混んでいました
予定と違う…
この時点ですでに軽くパニック

待っている間
ずっと周囲は
にぎやかで
ざわ
ざわ
そこへ
ひときわ大きな
子どもの声と
それを叱る
大声が…!!
ギャー
何やってんの!!
びくーん
びっくりした
あおは……
叫びだしそうに
なり……
そばにいた
ボクにかみついて
しまいました
いってーー!!
ギ～
Menu
はっ
ざわ
ざわ
OPEN
ぴゅう
パニックの種は
どこにでも
あるのです

あおが安心して外出できる環境というのは、結構限られています。

ボクと一緒に遊びに行っても、途中で顔面蒼白になって、話しかけてもまったく反応がなくなることがよくあります。

落ち着いたあと「何があったの?」と聞きますが**「よくわからないけど、いきなりテンションがた落ちしてわけがわからなくなった」**と言うことが多いのです。本人にもよくわからないけど、ぐったりくるということなんだと思います。

そんな状態になるときのことをよく思い返してみると、いくつかパターンが見えてきます。

一番原因として大きいのは「雑音がひどいところ」。

あおには視覚過敏だけでなく聴覚過敏もあります。特に高音域の雑音は、ひどく頭に突き刺さるように感じて、とてもつらいと言っていたことがありました。

特に、あまり行き慣れていないところで、雑音がひどい環境に長時間にわたっていると、すぐに顔面蒼白になることが多いのです。

それと関連しますが、「過度な人混み」もまた、あおにとっては鬼門のようです。

いつも**「人混みを見てるとなんか酔わない？」**と言っており、あまりに人が多いと「どこを見ていいかわからず困る」ということがあるのです。

また、人が多すぎて自分の思うように歩けない、というのもストレスの原因になっているような気がします。

以前、渋谷に行く用事があったとき、人混みと雑音に耐え切れず、街中でへたり込んで泣き出したことがありました。そのときは、近くにあった漫画喫茶に担ぎこんで、落ち着くまで寝かせてなんとかしのぎました。

それ以降、遊びに行くときは事前にどこかすぐに休めるところがないかを探しておくことに気をつけるようになりました。パニックを起こすというのを前提に、すぐに休める場所をチェックしておくというのも、あおと付き合ううえでは大切なことです。

このような問題に対して、パニックが起きてからはもちろん、起きる前段階で、根本的な解決策がないかとさまざまな試みをしてみました。

今のところ、ノイズキャンセリングイヤホンを常時つけて、雑音を軽減できるようにしているのですが、これがなかなか効果を上げています。周囲のノイズがかなり減少できているようで、**「イヤホンを外すと一気に耳が痛くなる」**と言うくらいです。

ノイズキャンセリングイヤホンやヘッドホンを、知り合いの聴覚過敏に悩む方々にもお勧めしたのですが、みなさん負担が軽減したとおっしゃいますので、聴覚過敏には効果は高いようです。

でもノイズキャンセリングイヤホンをつけているときは、ほかの人の声が聞こえにくくなるという問題もありますのでご注意を。もっとも、ボクとあおについていえば、ボクが聴覚障害者なので筆談でもまったく問題ないのですが。

でも、ノイズキャンセリングイヤホンをつけていても、どうしてもパニックを起こしてしまうときはあります。

その中でも、最もパニックが激しかったのが、次にお話しするエピソードです。

いつものように、街中の騒々しさを避けて、午後三時ごろに近所のファミリーレストランに入ったときのことです。

ボクもあおも〝子どもの声〟が苦手です。特に赤ちゃんの泣き声を聞くと頭が痛くなってしまうのです。これは子どもが嫌いというわけではなく、純粋に物理的に苦手という話なのですが。

そのため、ファミリーレストランに行く場合は、いつもあまりファミリー客のいない時間帯を狙います。

しかし、その日はたまたまファミリー客が多く、満席でした。店員から「申し訳ありませんが、お名前を書いてお待ちください」と言われ、店内はかなりざわざわしていましたが、別の店に行くのも面倒なので待合席に座って待っていました。

しばらく待っていたところ、ひときわ大きい子どもの泣き声と、それを叱る親の大声が店内に響き渡りました。

「これはマズい!」と思って、あおの様子を見ようとした瞬間……あおはボクの腕に全力でかみつきました。

あおは、いつもはスムーズに入れるレストランに入れなかったことと、店内のざわざわした雑音で、すでに軽いパニックを起こしていました。そこに、苦手な子どもの泣き声と叱責が聞こえたことで、本格的な混乱を起こしてしまいました。

必死に泣き叫ぶのを我慢するあまり、ボクの腕を思い切りかんだのです。

かなりの激痛にボクは軽く悲鳴をあげましたが、目を丸くしている周囲の客や店員をよそに「すいません!」と声をかけつつ、あおを抱きかかえるようにして外に出ました。

そのままあまり人のいない路地に座らせると、あおは茫然自失で、涙を流していました。その状態に無理に声をかけるとますます混乱する場合があるし、心配した通行人から声をかけられてパニックがひどくなるのを防ぐため、周囲から見られないようにカバーしながら泣きやむのを待ちました。

泣きやんだあおに声をかけたところ、**「ごめん……」**と小声で返事がありました。

「ごめん、いきなり何がなんだかわからなくなって…」

「気にしなくていいよ。さっきはどうした？」

「わかんない。レストランに入れないってわかったときにはもう頭真っ白で。そこに急にギャーッて怒鳴り声みたいなのが聞こえてきて、自分が怒られてるんじゃないかみたいに思って、怖かったの」

「なるほど、それは大変だったね。いったん家に帰るか」

「うん、ごめんね」

それ以降、外食する際は必ずボクが先に入り、席が空いているか確認してからあおを店に入れるようになりました。また、子どもが多いときは入店しない場合もあります。

とにかく、先回りをして、危ない兆候を見逃さないこと。これがきちんとできれば、あおのパニックもだいぶ軽減するのかな、と思った事件でした。

思い切りかみつかれた歯型はしばらく残っていて、そのときの痛みは今でもよく覚えていま す。このパニックが再び起きないように教訓として、そして、あおがその場で叫ばずに必死に耐えたあかしとして、ちゃんと覚えておきたいと思うのです。

「お金を大事に使う」ってどういうこと？ 8

お金がない
ずばーあ
給料日です
給料？大事にしろって言われたから使えないんだ
給料は使わない？今まではお金どうしてたの？
前の仕事のときの貯金をおろして使ってたんだけどそろそろない！
ない
ああ　そういう…
じゃ今の仕事の給料はどうしてるの？
どうしていいかわからないから
タンスに突っ込んでる
？

……
どうしたの？
ムム…
給料って使うためにあるんじゃないかな？
でも　給料は大事にしろって言われたから使っちゃいけないかなぁって…
大事にしろってそういう意味じゃないんだよ
どういう意味？
えーと…程度を決めて使うとか…
程度ってなに？
程度って見えないでしょ？
見えないのはないのと同じだよね？
あおにはあいまいな言葉が伝わりにくいのです

先日、あおの再就職が決まり、最初の給料日が来たというので、お祝いに行きつけのバーに行こうとしたときのことです。

「バーに酒飲みに行こうぜー!」

「お金がないー」

「あれ？　でも給料日だろ？」

「だって、給料は大事に使えって言われたから、使っちゃいけないんだよ」

「ん？　今までのお金はどうしてたの？」

「前の仕事のときの貯金からおろしてたんだけど、それがなくなってきてね」

「じゃ、今の給料はどうしてんの？」

「どうしていいかわかんないからタンスに突っ込んでる!」

「えっと……」

「どうしたの？」

「いや、給料って、使うためにあるんじゃないの？」

「でも、給料は大事に使いなさいって言われたから、使っちゃいけないかなぁって」

「いや、大事に使えってそういう意味じゃないんだよ」

「じゃ、どういう意味なの？」

「…程度を決めて使うとか？」

「程度ってなに？」

「えーと、いくらまでなら使っていいとか決めてさ、その範囲内で使うとか」

「うーん、でも、大事に使えって言われたから……」

「だから大事ってのは、使っちゃいけないって意味ではないんだってば！」

「じゃあ、どうすればいいのさー！」

という堂々巡りの会話をして、結局バーには行けなかったことがありました。

あおはあいまいな言葉のニュアンスというものがつかみにくいことが多々あります。

この「大事に」という言葉もまた、あおの中では「あいまいな言葉」であって、程度がわからない、ということから先のような会話になりました。

「だって、『程度』って見えないじゃない」

「イメージの問題なんじゃないかな、その指示を出した人の」

「でも、その『イメージ』も見えないからなぁ」

「見えないとダメなの？」

「うん、見えないのは、ないのと同じだよね？」

「そうかぁ、じゃあ、具体的に数値とかで出せばいいのかな?」

「そうなるのかなぁ……。あんまりわかんないや」

この「お金が使えない」問題については、あおの給料から生活に必要な経費と貯金したい額を計算して、「いくらまで遊びに使っていいか」を具体的にまとめた予算表を一緒に作りました。

現在、あおが生活で使うお金は、この予算表を使って計算しています。

また、「服をちゃんとしなさい!」「部屋をきちんと片付けなさい!」という指示もあまり理解できません。

「ちゃんとってなんだろう?」

「ボクみたいにしっかりすることだよ」

「嘘つけ、きみは腹をちゃんとしろ。具体的には減らせ」

とお腹をぎゅーっとつねってきます。痛いです。

「あと、きちんとってのもわからない」

「ボクの顔のように整っていることだよ」

「嘘つけ、しまりのない顔しやがって。きちんとヒゲを剃れ」

と無精ヒゲや腕毛をむしってきます。痛いです。

それはさておき。

というように、あおは「あいまいな指示」はとても理解に困るようです。

特に、「相手のイメージを読み取って具体的に行動する」というのができません。

「見えないのはわからないからなぁ」と、あおはよくぼやきます。

逆に、〝具体的にイメージが認識できれば〟、飲み込みは早いですし、同じ動作なら正確に素早くこなせます。今のあおの仕事はこのような特性が生かされる職場なので、会社でも重宝されているとのこと。

ところで、ボクの場合は、自分ではあまり意識していないのですが、**「指示が具体的でわかりやすい」**とあおはよく言います。

ボクは聴覚障害があるせいか、長い文章を話すことが苦手です。そのため、指示するときも、口で言うと「箇条書きのような」話し方になります。この箇条書き的な話し方が、あおにはすんなり頭に入りやすいようです。
また、途中途中で「何が／どこで」というような質問をしやすくなるため、ぶつ切りの話のほうが気を使わなくていいと言います。

一方で、ボク自身が聞こえにくいし、ろう学校にいた経験もあって、説明は実際に動きで示されたほうがわかりやすいし、自分も行動で示すほうが得意です。こういうところも、あおの障害とボクの障害がうまくかみ合わさった例なのかなと思います。

ただ、この前は「お皿を洗ってくれ」と頼んだら、本当に「皿だけ」を洗ってほかのものは洗わなかった、ということがあったので、指示の出し方というのはまだまだ改善の余地があると思いました。

さて、指示を具体的に示すことで、あおのお金の使い方は改善されました。
ですが、あいまいな指示で混乱する問題はまだあります。部屋の掃除です。
「自分ではきれいだと思うんだけど、親からは『あんたの部屋、散らかってるわねー』と言われて困る」とよくボクに愚痴ります。

たまにあおの部屋に遊びに行くと、確かに、いろんな物が無造作にあちこちに置かれていて、ごちゃごちゃした印象を受けます。

「たしかにもう少し片付けたほうがいいかもねぇ」

「もう少しってどのくらい？」

「…床が見えるくらい？」

「見えてるよ？」

「もっと見えるようにしよう」

「うーん……。わからない」

一度、部屋をボクとあおで片付けて、そのきれいになった状態を写真に撮って、「その状態を維持」できるようにすればいいのかなぁ、と考えていますが、まだできていません。

でも、具体的に程度の視覚化ができれば、混乱も少なくいろんなことができることがわかったので、今後もいろいろと応用していきたいですね。

あお

相変わらず金がなくて困るのである。

くらげ

あれ、こないだも給料日じゃなかった？

あお

とりあえず、給料は全部タンスにしまってるよ。

くらげ

え、いまだに全部タンスの中？
ちょっと何枚あるか数えてみろ！

あお

えーと、１万円札だけで●十枚出てきたー

くらげ

手元にすぐ動かせる金が●十万以上あって、
なんで金がないと言いますかね？
大事に使えといっても、ほしいものがあるなら
使っていいんだけどなあ…。

あお

だから、悩むんだよ。これは無駄遣いじゃないか
とか考えちゃうと何も買えなくなるんだよ〜。

くらげ

じゃ、買うか悩んだら俺に相談すればいいよ。

あお

じゃあ、この発達障害が治るってサプリ
2万9000円なんだけど、買っていい？

くらげ

それはダメ――――――――――!!

財布の中は小銭だらけ！ 9

ああの
大きなバッグは
いつも
ごちゃごちゃ…
ごそ
ごそ
財布を
取り出すのも
ひと苦労…
あった!!

その財布の中からお金を取り出すのもひと苦労です
あああ
チャ!!
わっ!?
ぎっちり
すごい小銭だ!
お会計するたびに小銭って増えるから
ざらっ
お札と一緒に端数の小銭を出してお釣りの枚数を最小にするのは?
837円の場合
1000
10 10 10
5 1 1
おつり
100 100
へった♡
それだ!
あああ!!
お会計
チャリーン
不器用と計算苦手のコンビネーション

「財布どこか知らない?」(ごそごそ)

「あれ、どこだろう」(ごそごそ)

「あ、あったー!」

と、大きな黒いバッグから財布を取り出すあお。

いつもの買い物のときの光景です。

あおはいつも大きなバッグに財布を入れていますが、バッグの中にごちゃごちゃといろいろなものを入れているため、財布を取り出すのにもひと苦労。

「財布をポケットに入れたら?」と聞くと**「財布おもーい、邪魔~」**というのです。

確かに、あおの財布は二つ折りで、いつもかなりパンパンに張っています。

「じゃ、バッグの中を整理すれば?」

「整理できると思う?」

「できないよね」

「ですよねー」

発達障害のある人には「整理が苦手」という方が多いのですが、あおもまた整理が苦手です。

というか、整理を始めると「どこに何を置いたか」さっぱりわからなくなります。
そのため、整理するよりも、ごっちゃごちゃでも「とにかく全部必要そうなのをバッグに放り込んでおけ」式の忘れ物対策（?）を行っているのです。

「整理しようとして物を取り出して置いておくと、どこに何を置いたかわからなくなる」というレベルで物忘れが激しいので、へたに整理させるよりも今のほうがまだマシなのかなぁ……と思います。

この前は**「久々にバッグの中に入ってた本を入れ替えたら、仕事に必要な資料とか全部家に置き忘れた」**とメールが来て、携帯電話越しに二人で頭を抱えたことがありました。

「じゃあ、財布を入れる場所を決めておくとか」
「入れた場所を覚えていられると思う？」
「思わない」
「ですよねー」

「ここに入れよう」と決めた場所すら忘れるのがあおです。

そもそも、財布がパンパンでポケットに入り切らないのが、会計時に時間がかかる原因でもあります。

「じゃ、財布を薄いのに替えてポケットに入れておくとか」

「財布を薄くすると、カードとか全部入らないし、そもそも小銭が多すぎて……」

「小銭は貯金箱に入れたら?」

「買い物をするたびに小銭が無限に増えていくからなぁ……」

「小銭入れの財布は別にするとか」

「使い分けできると思う?」

「混乱しそうだよね」

「ですよねー」

あおは計算がすごく苦手です。特に、会計のとき、いくら出せばお釣りでもらう小銭を最小限にできるか、というような計算を瞬時にするのがとても苦手です。

八〇円のお菓子を買うのに **「千円じゃ足りないかな」** と、なんと一万円札を出したこともありました。

このように会計のときは、財布の中にいくら小銭があろうとお札を出すので、その結果、さらに小銭が増えて財布の厚みと重みが増し、ポケットに入らない、ということの繰り返しです。

また、へたに小銭を出そうとして、あせって大量の小銭をカウンターにばらまいてしまうということも何回かありました。

ですので、ボクとデートしているときは、基本的にボクが支払いを済ませて、あとからあおに**「いくらだったから、そのぶんちょうだい」**というプロセスを踏むようになりました。

これならあおも財布を出すのにあせらなくていいし、ゆっくり小銭を出せるので、小銭をばらまいてしまうということもない。

また、折半して払うときは基本的に小銭は全部ボクが負担することで、あおが計算しようとして混乱することを防いでいます。

本当にちょっとしたことですが、ちょっとしたことで軽減されるストレスもある。その積み重ねをしていきたいと思います。

梅永雄二先生のメッセージ②

定型発達の人は自家用車、ASDの人はレールを走る列車

ASDの人は想像力の困難性のため、比喩的な表現やジョーク、皮肉などが理解できないことがあります。

発達障害のあるご夫婦の会話の中で、奥さんが怒った勢いで「勝手にすれば!」と言ったところ、アスペルガー症候群のご主人は字義どおりにとらえてしまい、「勝手にしていいんだ」、つまり許可してもらえたのだととらえてしまったことがありました。このようなあいまいな表現はASDの人にはもっとも理解困難なのです。

あおさんのエピソードにも、料理が苦手な理由の一つにレシピの中の「少々」や「適当に焦げ目がついたら」などに混乱してしまったことが示されていますが、これらはまさに、わけがわからない表現なのです。「ちゃんとしなさい!」「きちんと片付けなさい!」なども同様です。

レストランでの食事メニューの選択が困難であったり、カラオケの歌の順番がパターン化されているというのも、想像力の欠如からくるこだわりだと考えられます。

ASDの人の支援で世界的に著名な米国ノースカロライナ州のTEACCHプログラムでは、「定型発達の人を自家用車に例えると、ASDの人はレールの上を走る列車と考えればわかりや

すい」と説明されています。つまり、自家用車は自由に運転手の気のおもむくままに止まったり、進路を変更したりできますが、列車はレールの上を走らなければなりません。それも時刻どおりに。もしレールから外れてしまうと大変なことになってしまいます。あおさんは、レストランでいつもと違う別な物を食べるのが怖い、いつもと異なるのが不安だとのことですが、逆に列車のようにレールに乗っかっていると安心できるのかもしれません。

さて、第1章でも述べたようにＡＳＤの人は感覚過敏の人が多いのですが、あおさんの場合は視覚だけではなく聴覚過敏の症状も生じています。レストランでの小さい子どもの泣き声、そしてそれを叱る親の大声。ＡＳＤの人にとってはまるで耳のそばに雷が落ちているような状況なのでしょう。

また、あおさんはお金の計算が苦手です。そのため、大きなお金で支払いを済まそうとするために小銭が増えてしまいます。米国などでは日本の電子マネーのようなデビットカードというものがあり、支払いの不便さを解消してくれます。

近年我が国においても電子マネーを使用できるところが増えてきたので、このような方法を利用することもいいのではないでしょうか。

Column

発達障害の日常をイメージするには

あおが ただ日々を 過ごしている だけで
ふにゃ
ツカレタ〜
疲れて しまうのは わかる…
しかし 実際に どのような日常が 見えているのか 理解するのは 難しいものです
どんな 感じかと 言われても
寝不足で 頭が 働かないときに 攻略本も 説明書もない ゲームを 渡されて…
ぽんと
真人生ゲーム

異常に明るい
ネオンがついて
ワーワー
うるさい中で
ざわ
ざわ
さあ やれ
ざわ
って感じ?
ざく
ざく
頑張って
ルールを
一つずつ
探ろうとするん
だけど
びょ〜ん
おっ
これを
倒したら
経験値が
入るとか
やるかっ
ざくっ

その時々に
誰かに
呼ばれて…
やった…
ああ／
ああ／
えっ？
はっ!!
あっ!?
全部リセット
されてる
で
また最初から
やり直し…
普通の人だって
こういうことを延々
やらされたら
意味がわからなくなって
いろいろぶん投げたく
なると思うね！
それが いわゆる
パニック状態なんじゃないかと
あおは言います

Column

発達障害者の日常に必要な構造化の支援

梅永雄二

このコラム漫画は、説明のしにくいASDの状況をわかりやすく表現しています（もちろん症状は人それぞれです）。定型発達といわれている人たちでも、ものすごい騒音がある場所でフラッシュをたいたような光が常に目に入ってきたり、とても耐えられない嫌な匂いがたちこもっている場所で、静かに本を読んだり仕事に没頭するということは苦しいのではないでしょうか。ASDの人たちはこのような外部の感覚刺激を非常に敏感に感じてしまうのです。ですから、サングラスで視覚刺激をやわらげたり、あおさんのようにノイズキャンセリングイヤホンで聴覚刺激を調整することなどが必要となるのです。

漫画内の「ルールのわからないゲームをやらされる」についてですが、先に述べたTEACCHプログラムでは、このようなASDの特性を考慮した「構造化」による支援を行っています。「構造化」とはASDの人を定型発達の人に近づけようとするのではなく、彼らの周りの環境を整えることによって活動しやすいように導く支援です。

具体的にはパーテーションなどによって視覚刺激を遮断し、そこでは何をすればよいのか示す「物理的構造化」、行う活動の順番を視覚的に示した時間の構造化である「スケジュール」、そこで行う活動をわかりやすく示す活動の構造化である「ワークシステム」などがあります。いずれの構造化もASDの人が得意な絵や文章などで視覚的に示されることにより、混乱せずに生活することができるのです。

実は定型発達と呼ばれている人たちも、このような視覚的構造化の恩恵を受けているのです。例えば、信号機、中が見やすくなっていたり分別がはっきりわかるゴミ箱、駐車場の白いライン。これらはすべて道路を渡る、ゴミを捨てる、車を停めるといった活動を行う際の構造化された支援なのです。

第3章

日常生活、あれもこれも

毒舌の理由 10

ある日 あおが 深刻な様子で 言いました
なんか 最近 友だちから 避けられてる 気がする…
何か あった？
うーん
三か月前 その人が
この服 どう？
って 言ってきたんで
全然 似合わ ない!!
ズガン
一刀両断!!
私の言い方が 悪いんだって 話なんだけど
何がどう いけなかったのか わからないんだ

それはつまり…
似合うってほめてほしかったんじゃないかな
なぜっ!?
あおは「空気」を読むのが極端に苦手です
そのうえなんでもストレートに表現するので
えいやぁ
わあっ
あおとの会話はまるで 言葉のキャッチボールならぬドッジボール
よかれと思って言ってるんだけどな
肉の服を脱げ!
楽しむ余裕が必要です

「なんかさ、最近、友だちの輪から避けられてる気がするのよね……」

ある日、あおが深刻そうな顔で話をふってきました。

話を聞いてみると、友だちとチャットをしてるのだけど、最近は何を言っても無視される。

どうしてか理由がわからない、とのこと。

「本当に理由がわからないんだよね?」

「本当にわからないから困ってるんだよ」

「なら、きみの場合は少しずつ話して理由を探るということができないと思うから、ストレートに理由を聞くしかないんじゃないかな?」

「うーん、直接聞くのも怖いけど、原因がわからないのも気持ち悪いから聞いてみる…」

そして翌週。

「こないだのアレの原因なんだけど……」

より深刻そうな顔で話をふってきました。

「あの友だちから避けられてるってやつ」

「ああ、あれか。理由がわかったのか?」

「わかったようなわからないような。あのね、三か月前にその友だちが『この服似合う?』と聞いてきたから『似合わない』って答えたんだけど、それが原因だって」

なんともあおらしいストレートな言い方で、それは気を悪くしてもしかたないかもしれないと思いました。

「でも、似合わないから似合わないって言ったんだよ。似合わないのを着てると恥ずかしいかなと思って、その人のためだと思って」

「うーん、言い方の問題かな。本人は似合うと思ってたのかもしれないし」

「でも、こっちは似合うと思わなかったんだよ~。とりあえず謝っておいたけど、釈然としないなぁ」

「『似合わない』はかなり角が立つ言い方だから、もう少しオブラートに包んだ言い方が必要だったかもね」

「オブラートに包んだ言い方って、例えば?」

「『私は別な服のほうが似合うと思うな』とか?」

「うーん、何が違うのかよくわかんない」

そして話は、その出来事が三か月前であることに移る。

**「それにしても、それ三か月前のことだよ？　なんで今頃になって無視してくるのかわからないんだよ。その場で指摘してくれればいいのに」**

**「その場で怒るとさらに空気が悪くなると思ったんじゃない？」**

**「んー、空気とか本当にわからない。なんでそんなの読む必要があるの？」**

**「コミュニケーションを円滑にする必要があるからかな？」**

**「健常者ってめんどくさいルールに縛られて大変だね。みんなエスパーなんじゃないの？と思うことがあるよ」**

というように、あおは「空気」というものが極端に理解できないようです。

あおは、その場その場に合わせた言葉を使うというのがとても苦手です。

あおの友人いわく「あなたは言葉のキャッチボールではなく、言葉のドッジボールをしている」と言われたようですが、それを聞いたとき、思わず膝を打ってしまいました。

**「ああ、確かにあおの言葉は、人を殴りつける効果があるときがあるかもなぁ」**

**「どういうこと？」**

「きみは思ったことをストレートに言うから、人によっては毒舌と受け取るかもね」

「毒舌のつもりは全くないし、本当にその人のためを思って言ってるんだけどな」

「その『人のため』が逆に摩擦を生むことがあるから、コミュニケーションって難しいんだ。きみはボールを思い切り投げつけているタイプ。それを受け止められる人じゃないと痛いよ」

「なら、あんたはなんで私と普通に付き合ってるわけ?」

「んー、聴覚障害者もかなりストレートな表現になることが多いから、それで慣れてるのもあるし、きみが本当にボクのことを考えて言ってるというのがわかるからね。あと、きみのストレートな表現がおもしろいことも多いしねー」

「えへへー」

というわけで、ボクはあおの毒舌（?）のドッジボールを全身で受け止めながら、コミュニケーションを楽しんでおります。

メガネで人を認識してはいけない 11

困った…
非常に困った…!!
何が?
全員メガネなの
「就労移行支援事業所」に通い始めたあお…
しかし事業所の人の顔を覚えられず苦戦しているようです
!!
今まで メガネをかけている人は「メガネの人」って覚えてたから…
ほかの目印考えなきゃ…
そこ?

そもそも あおは人の容貌の見分けが苦手です
夢中
ブルル
ここだよ
ピッピッ
ピピッ
どこー?
送信と
えっ!?
そこにいたの? 座ってたから大きさがわからなかったよ!!
えーー!?
ボクも 顔より「でかくてメガネ」で認識されてるのかもしれないなぁ……

「困った……。非常に困った」

ある日、いつものようにあおの悲痛なうめきがボクの部屋にこだましました。

「どうしたんだ？　事業所で何かトラブルでもあったのか？」

あおは、この当時、就労を目指して「就労移行支援事業所」というところに通い始めた頃でした。そこで人間関係のトラブルなどがあったのかな、と心配していたところ……。

「全員メガネなの」

「はっ？」

「事業所の人がね、全員メガネで名前と顔が一致しないの！」

「はぁ？」

「人を見分けられないぃ〜〜!!」

あおは、人の顔の認識が苦手です。

本来、人間は他人の容貌を見分ける能力が大変高いそうです。ですから、人の顔は一人ひとり完全に違うということを認識できると、何かの本で読みました。

しかし、どういうわけか、あおはその能力が発達していないんですね。

では、どうやって人を見分けているかというと、身長や服装や髪形、身に着けているアクセサリーなどになります。

特に、メガネをかけている人は「メガネの人」と認識しやすいので、メガネの人は名前と顔（というかメガネ）が一致しやすいのですが、先の事業所では全員が「メガネの人」。そりゃ、認識に困るよなぁ……と思いました。

後日、どう対処したのかと聞いたら、

「メガネの形で覚えた～」

「そっちのほうが何倍も難しいだろー！」

「人の顔は変わるけど、メガネの形は変わらないから！」

「いや、メガネの形の違いのほうが、人の顔の違いより少ないだろ!?」

「でも、人の顔は本当につかみどころがないからしかたない！」

と、胸を張って言われました。

ボクにとってはたいへん理解しがたいのですが、それがあおの一番やりやすい対処法なので納得するしかないのです。本当に、常識とかそういうのを打ち壊してくれますね。

もっとも、あおと付き合ううえで常識って邪魔なんじゃないかなーと思いますけど。

さて、人の顔が覚えられない、ということに関して、次のようなエピソードもありました。

ある日、M*さんというボクとあおの共通の友だちに街でばったり出会ったときのこと。

Mさんとはあおはもう二年以上の付き合い。このときはお互いに用事があったので軽く立ち話をして別れたのですが、その後あおが、**「あの人誰だっけ…？」**と言うのでびっくり仰天。

「Mさんだよ、Mさん！」

「あー、やっぱりそうだったかー！」

「もう何年も知ってるんだから、さすがに顔は覚えてると思ったけど」

「いやー、なんか髪型が違っててわからなかった！」

Mさんはかなり特徴的な顔立ちをした美人なのですが、それでも覚えられないというのは、かなり衝撃的ではありました。

あおにとって、「顔の美醜」というのはさほど判別基準にはならないようで。だからこそボクなんかと付き合っていられるのかもしれませんけどね！

＊第1章「❷服を買いに行ったらパニック！」にも登場

さらには、あおが友人たちとファミリーレストランに行ったときのことを聞いて、驚いたことがあります。

食べている最中は全員上着を脱いでいたのですが、あおがトイレに行っている間に冷え込んだらしく、全員が上着を着ました。そして、あおがトイレから帰ってきたら**「席どこ!?」**状態になってたいへん困ったとのこと。

結構長い付き合いの友人のようですが、それでもその人の顔ではなく、服装で判断してたのかーと、ある意味で感心しました。

なお、あおは人の声も判断手段に使っているのですが、その判断が「声の色」で見分けていたそうなのです。

おそらく、「共感覚」といわれるもので、一種の絶対音感のような才能みたいなものでしょうか。ただし、最近は二次障害のうつの薬の作用なのか、人の声の色が見えずに判断に困ると残念がっている模様。

ボクの声の色は茶色だったそうですが、どういう見え方をしているのかたいへん気になります。

さて、あおは長年ボクと付き合っていますが、ボクの顔を覚えているかというと、たいへん疑わしいものがあります。

さすがにおおまかな顔のつくりはわかるようですし、ボクも基本的にいつも似たような服を着るのでそれほど迷わない、と言うのですが、あおがボクを一番わかりやすく認識しているのはボクの身長とメガネのようです。

あおがボクを友だちに紹介するときは**「でかくてメガネの人」**と言うことが多いのですが、本当にそれだけで認識している疑惑があります。

先日あおと待ち合わせをしていたとき、待ち合わせ場所にボクが早く着いたので、ベンチに座って本を読んでいました。その本がおもしろくてつい熱中していたら、あおから**「どこにいるの?」**というメールが。メールを見て顔を上げると、ボクの目の前でウロウロキョロキョロしているあおの姿がありました。

いつ気づくかな〜と思ってニヤニヤ見ていたのですが、いっこうに目の前にいるボクに気づきそうな気配がない。さすがにかわいそうなので立ち上がったら、**「うおっ、どこから現れた!?」**と驚かれました。

前からここに座っていたと言うと、

**「小さかったらわかんないよ! ずっとでかくしてろ!」**

とムチャぶりされました。

いつもボクが先にあおを見つけて手を振るという動作をしているので、それを省かれてわからなくなったというのはあるにしても、ボクが小さくなってしまうと（座っていると）認識できなくなるというのは結構おもしろかったです。

今後、あおにもわかりやすいようにかなり目立つ服を着ようかとも思うのですが、もともと地味なものが好きなボクにはハードルが高い。待ち合わせ場所では極力立って待ち、あおがわかりやすいようにすればいいでしょう。

くらげ

そういや、あおは昔、介護施設で働いてたよね。
そのときもメガネとかで見分けてたのか？

あお

うーん、入れ歯で判断してたかなぁ…。

くらげ

えっ…。どういうこと？

あお

入れ歯の形を見て、入所者の名前とかと結びつけて覚えてた。

くらげ

それはそれでスゴイ能力としか言いようがない…

あお

ある日ね、職員が、みんなの入れ歯を落として
ばらまいちゃったときがあったんだけど、自分が
「これは誰々さんのですね～」と言っていったら
８割くらい当たってて驚かれたよ。

くらげ

すげー。そら驚くわ…。
耳の形とか顔のパーツで覚えるのは無理？

あお

耳の形は難しいな。あとは、その人のイメージ？

くらげ

ほう。俺はどんなイメージなの？

あお

動くこんにゃく。でかいこんにゃく。

くらげ

ひで――――――――!!

振り込め詐欺でパニック！ 12

あおの家にて
でさー
ピルルルル♪
ちょっと待って
……
おかえり
なに？友だち？
あのね 一〇万すぐ振り込んでくださいって
ぶほ

どうしよう
どうしたらいい？
銀行もう開いてないよね!?
払うつもり!?
だって…
怒鳴られて
払わないと
裁判だって…
はわわっ
あおは
命令口調だったり
怒鳴られたりすると
混乱しがちなのです
落ち着いて！
こんなの
振り込め詐欺に
きまってるよ
でも…
電話番号
知られてる
ってことは
住所とかも
知られてるん
じゃないの？
不安…
その電話一本で
あおは何日も
精神的に不安定に
なってしまいました

ある日、あおの家でとりとめのない話をしていたときのこと。

あおの携帯電話が鳴り、「電話かかってきたからちょっと待って」と部屋を出ていきました。

友だちかなぁと思ってコーヒーを飲みつつ待っていたのですが、数分後あわてて戻ってきたあおから、思わずコーヒーを噴出しそうな一言が。

**「い、いま電話がかかってきて、一〇万円払えって言われたんだけど、ど、ど、どうしたらいい!?」**

**「え、何言ってんの？　払わなくていいよ。ただの振り込め詐欺でしょ」**

**「でも、今すぐコンテンツ料、一〇万円払わないと裁判だって怒鳴られたから……。どうしよう、今の時間だと、もう銀行開いてないよね！」**

**「いや、だから払う必要ないって！」**

**「どうしよう……どうしよう……」**

どうやら本気で払うつもりらしい。

あおは高圧的な命令のような言葉づかいにすごく弱いのです。

怒鳴られたり、怒られたりするとすぐに混乱を起こしてしまいます。その結果、その高圧的に言われた内容を信じこんだり、どうしていいかわからなくなります。

ですので、ボクはあおに対してどれほどいらついても、絶対に怒鳴らないようにしています。

この事件に関しても、詐欺師から半ば怒鳴られるように「裁判だ！」と言われたことが原因で、詐欺師の言葉をかなり信じこんでしまったのです。

「いいか、これは詐欺師からの振り込め詐欺だ」

「でも、電話番号を知ってるってことは、住所とかもわかってるんじゃないの？　つまり本当に裁判起こせるんじゃない？」

「じゃあ、なにか思い当たるフシはあるか？」

「それはないけど……」

「それなら、ただの詐欺だ。大丈夫」

「でも、電話番号知ってるんだよ？」

あおは電話というものに対してかなり恐怖心をもっています。

必要なときでも、仲のいい友人以外には電話する前に「テンプレート」というか、何を話すか紙に書いてからでないとしゃべることができません。なので、電話番号を知られているということに対して非常に恐怖心をもったようです。

また、あおの中では「電話番号は特別なもの↓電話番号を知られている↓身元を知られている↓実際に何か危害を加えられる」という図式が成り立っていたらしく、もう本当に混乱状態でした。

「落ち着け、いいか、もし同じ内容の話がメールで来たらどうする？」

「どういうこと？」

「メールでいきなり一〇万払えと言われたらどうする？」

「無視する」

「今回も同じだよ、電話されただけで」

あおは、ＰＣに届いた詐欺メールは、逆に「何かおもしろいメールがないかな～」と、おもしろ半分でわざわざ読むタイプ。つまり、詐欺全体に弱いのではなく、あくまでも「電話」という苦手なものから言われたのが、今回の混乱の原因です。

「じゃ、本当に大丈夫なの？」

「うん、実際に詐欺師が裁判起こすことなんてないから安心していいよ」

「信じていいんだよね？」

「何かあったらボクが対処するから大丈夫」

「うん、わかった」

というわけで、あおが詐欺師に言われたままにお金を振り込むことは阻止できました。しかし、その日以降数日間は精神的な不安定感が続き、落ち着かせるのは少々たいへんでした。

よく、発達障害者は詐欺に弱いといわれますが、「命令されると混乱して素直に信じ込んでしまう」ということが原因にありそうだと思った一件でした。

このあと、同様の電話は来ていませんが、もしまたこのような電話があればすぐボクに連絡するよう、あおには伝えてあります。

しかし、本当に振り込め詐欺は許せないと思った事件でした。

朝専用コーヒーは朝しか飲んじゃダメ？ 13

どうしよう
また
間違えた!!
な…何？
夜《ナイト》ハーブティーを…
HARB
ナイトハーブティーを？
朝に
飲んじゃった!!
夜専用なのにっ
待て待て！
夜《ナイト》ハーブティーを
朝に飲んでも
何の問題も
ないぞ!!
ガビーン
ないの!?

ボクは朝専用コーヒーを午後に飲むぞ!
マジで!?
朝専用
しかも午後の紅茶を午前中に飲むぞ!
マジで!?
無糖
あおは「朝専用」とか「夜専用」という名前がついているものは
ギリ朝
急げっ
必ずその時間に飲食しなければならないと思っていたのです
大人だけどお子さまカレーも食べるぞ!
あ、辛いの食べられないからカレーについてはどうでもいいです
きみはお子様ランチのほうが向いてるかもね
シャーッ
うるさい!!

「どうしよう。また間違えた……」

ある朝、また深刻そうにあおからメールが来ました。

この頃、調子悪いし、どうも薬の飲み間違いが多いと相談を受けていたので、朝の薬の代わりに夜の薬を飲んでしまったか？　最悪、睡眠薬を飲んでしまったか……？　とひやひやしていました。……が、次の言葉にずっこけました。

「ナイトハーブティーを朝に飲んじゃった！　どうしよう！」

そう、あおは「朝専用」とか「夜専用」などと書かれているものは、その時間帯しか飲食してはいけない、という思い込みが激しいのです。

「落ち着けー。ナイトハーブティーを朝に飲んでもなんの問題もない！」

「ないの!?」

「ボクは朝専用コーヒーを午後に飲むぞ！」

「マジで!?」

「しかも、午後の紅茶を午前中に飲むぞ！」

「マジで!?」

「あと、お子さまカレーも食べてやる！」

「あ、辛いの食べられないからそれはどうでもいいです」

「きみはお子さまランチが向いてそうだけどね」

「うるさい！」

あおはあいまいな言葉も苦手ですが、限定された言葉もかなり苦手。

服などに関しては感覚が優先されるためにそうでもないのですが、シャンプーなどは「男性専用」や「女性専用」となるとわけがわからなくなるようで、できる限りユニセックスな商品を買います。

というのも、あおはどうも自分の性というものをよく理解しておらず、「男性でも女性でもない」というような意識がとても強く、「自分はどっちを使ったらいいのか」というところで悩むようです。

ボクについても、「男性だから」というより「おもしろい人間だから」という理由で長年付き合ってくれているようです。

さて、話がずれましたので修正。

あおは意外と「普通」という言葉にかなり敏感です。

子どもの頃から「お前は普通じゃない」「普通にしなさい！」と言われ続けていた影響なのか、**「自分は普通じゃないから、普通にならなきゃ！」**という思い込みが強いのです。

しかし、その「普通」のハードルがものすごく高い。

あおの体型はまったく太っていないのですが、

「太りすぎだから痩せなきゃ」

「きみの場合、無理して痩せる必要もないと思うけど」

「でも、みんな細いんだよ？　それに比べたら普通じゃないよ！」

「みんなが細すぎるんだよ」

「でも、痩せないとみんなが笑ってる気がして」

「そんなことはないから気にするな。それより服装を変えたほうがいいんでない？」

「服装を変えるのは無理だから、せめて体型は普通にしておきたい」

「だから体型は普通だっての」

「……海外から痩せる薬を手に入れるか……」

「おーい、こっちに戻ってこーい」

というように不必要に体型にこだわったり、

「今の自分、趣味がないけど変かな？」

「趣味がない人間なんていっぱいいると思うよ」

「いや、趣味がない人間って普通じゃないんじゃないかな？」

「そんなことないよ」

「でも、なにも執着がないっていうのも変な気がするの」

「俺に執着があるじゃないか」

「そりゃ、きみは大好きだからねー」

というように、「趣味がないと普通じゃない」と思っていたり、

「今、熱があるんだけど、仕事は行ったほうがいいよね……」

「熱があるなら寝ておけよ」

「体は動くから仕事に行かないと。それが普通だよね？」

「いや、それ普通じゃないから！」

と、どんなに体調が悪くても仕事に行くのが普通だと思っていたり。

この「普通でないとダメだ」という意識は、実は昔のボクもたいへん強くて、**「聞こえないけど聞こえるように努力しなきゃ」「努力しても聞こえないからボクはダメだ」**と思い込んで

いました。

でも、そこからいろいろな経験をして**「聞こえなくてもいいや〜」**と、いつのまにか障害に関しては「普通」じゃなくてもいいや、と思えるようになっていました。

ですので、あおの「普通でいなきゃ」という意識はすごくわかります。それがどれほどつらいかも。

でも、最近、正式に発達障害と診断されてからは、「普通でなくてもいいんだ」と思うようになったのか、だいぶこのような強迫観念じみた「普通」からは少しずつ解放されつつあるようです。

あおが「普通」でないことはボクは気にしませんし、むしろ、「普通」にこだわって苦しむ姿を見るほうが苦痛です。

あおの素晴らしいところもたくさんある。そこには、いわゆる「普通」でないからこそ、おもしろいこともたくさんあるのです。

確認することを確認するのを忘れる！ 14

あ！ 本を持ってくるの忘れた！
貸してくれるって言ってた本のこと？
そう！ 先週からずっと忘れてる――！
急がないからいいけど
メモしておいたら？
メモを見るのを忘れるんだ……
おおっと!!
そんな あおがスマートフォンを購入！
9:30

リマインダーアプリを使ってみよう
なにそれ？
「リマインダー」それはやるべきことを書き溜めておくTODOリスト
今でしょ！
10:00
日時や場所を指定してお知らせを受け取ることができる
おおっ!!
スマートフォンを見るのを忘れたよ……
本が…
うーむそうきたか……

「また本を持ってくるのを忘れたよ〜」

「今度貸してくれるって言ってた本？」

「そう、先週も忘れてたー。ごめん」

「別に急がないからいいけど、メモをとったら？」

「手帳にメモはしてあるんだ」

「なら、それを見ればいいんじゃないの？」

「手帳を見るのを忘れるんだ……」


あおはメモをしても、その「メモを見る」という動作がなぜか忘却の彼方。しかも、メモをしたこと自体を忘れることが多いのです。なので、メモをとっても忘れ物やスケジュールの間違いが減りません。

さすがに忘れると本当に危ないことは手のひらに書いたり、ちゃんと覚えていたりするのですが、細かいことに関してはあまりカバーできません。

発達障害者の対処法を書いた本では、「確認するためのチェックシートを作る」という話がよく載っていますが、あおの場合は、まず「チェックシートを作ったこと自体を忘れる」のです。

以前、あおが**「一日の流れというのがまずわからない」**と言うので、試しに「朝はこういうことして、夜はこういうことをして……」というチェックシートを作ったことがあります。

数日後、**「あのチェックシートをつけて何か効果あったか？」**と聞いたら、

「それがね、チェックシートをチェックする必要があるときに限って、チェックシートの存在を忘れるんだよ！」

「チェックシートの意味ねえ――――!!」

と叫んだことがありました。

あおはスマートフォンを持っているので、スマートフォンのリマインダーアプリをいくつか試してみたのですが、見事に使いこなせません。

まず、何時に何をやらなければいけない、ということが思い浮かばない。

ボクと相談しながらスケジュールを打ち込んでも、リマインダーアプリを作動させるのを忘れていたり、なんとかアプリが作動しても、表示されているメッセージを**「なんのことだっけ」**と思い出せなくて結局やらなかったり、やろうとしたらほかのことに気を取られてやらなかったり、と散々な結果でした。

結局、一番マシということで落ち着いたのは、お互い頻繁にメールを送り合って、お互いにスケジュールをチェックし合うという、お互いがメモ帳になることでした。

それでも突発的なイベントについては、カバーできないことが多いのです。

このあたりは、やはり脳の問題で、怠けているわけでもなく、わざとでもなく、ナチュラルにそうなんだろうなと納得していますが、ボク自身が体験できるわけではないので、実感としてはよくわかりません。

でも、ボクの聴覚障害というのも健聴者に実感してもらうのは言葉では難しいので、「まぁ、実感はできないけどそういうもんなんだなぁ」と納得しています。

また、あおは人の話を聞きながらメモをとるということがたいへん苦手です。

ボクも聴覚障害がありますから人の話を聞きながらメモをとるのは苦手ですが、あおの場合は、「聞くことに集中しないと内容が理解できず、メモをとろうとすると、話している内容を理解できない」という状態になりやすいのです。

また、あおは「**人の話を聞くときは一度脳内で文字化して、その文字を読むという作業をしないと話がわからない**」と言います。なので、どうしても話のテンポが遅れがち。

特に一方的に話が進む講演会などでは、やっと話を「読み」終わったと思ったら、すでに別な話になっていて、わけがわからなくなるそうです。これも、メモをとりにくい理由ですね。

なお、ボクは話すテンポが比較的ゆっくりなので、会話のペースとしてはあまり困らないそうです。

あるとき、あおと一緒にある講演会に行った際、ボクはパソコン要約筆記をつけてもらいました。リアルタイムで話していることをパソコンに入力してもらって、ディスプレイに文字が出るシステムです。

あおもボクの隣に座ったので、あおも文字が見える位置にいたのですが、その講演会が終わったあと、あおは**「あれ、いいなぁ……」**と言いました。

**「いちいち脳内で文字に変換しなくていいから、すんなり内容が頭に入ってきた」**

ということでした。

また、テレビが地上デジタル放送になってから、番組に字幕をつけられるようになりましたが、あおは字幕があったほうが理解しやすくなり、テレビを見る時間が増えたそうです。

聴覚障害がなくても、字幕でテレビ視聴が楽になったというケースは、もしかしたら思ったより多いのかもしれません。

また、これは逆にボクのためなのですが、筆談も多用します。

普段なら人工内耳から入ってくる音と口の動きで言葉を理解しているのですが、電車の中など周囲の雑音が大きいときやボクの耳の調子が悪いときは、筆談で会話しています。あおも筆談に慣れているので、たいへん助かっています。

あおも、調子が悪いときなど脳内で考えを言葉に変換することが難しいときがあるので、そのようなときも、筆談が大活躍しています。このときに使う筆談用の電子ボードが実に便利なので、ボクもあおもいろいろな場面で活用しています。


発達障害者の支援についてはいろいろ研究されていますが、特別に発達障害者専用のシステムを作らなくても、ほかの障害者のための支援法が、工夫しだいでは発達障害者に有効になることも多いのかもと考えるきっかけになるエピソードでした。

子どもが怖い！ 15

疲れたー…
友人に子どもが生まれたというので
出産祝いに行ってきた あお……
赤ちゃんは静かに寝てるだけだったんだけど
にひ
もう一人子どもがいて……
その子が走るわ泣くわで…
ガタ
ガタ
ガタ
あおは子どもが苦手です
というかコワい

近くにいると何かされるんじゃないか
プレッシャー
自分が何かしちゃうんじゃないかとハラハラ…
CHILD
キャアアキャア
アアア
そのうえ聴覚過敏なので子どもの高い声そのものがつらいのです
キャア
キャア
愛さえあれば♡
親とかは自分に子どもができれば変わるわよなんて言うけど
ふざけんなァーーって思うよ!!
愛ではどうにもなりません

「疲れたー！」

「今日はどうしたんだ？」

話を聞いてみると、友人に子どもが生まれたので、友だち何人かで出産祝いに行ってきたとのこと。

「普通にめでたい話じゃないか」

「でも、その子にはもう一人子どもがいてね……」

「あー、もしかして」

「そう、その子が泣きわめいてね、パニック起こす寸前だった」

そう、*あおは子どもの泣き声に非常に弱い。

弱いというのは、情にほだされるというわけではなく、あおの聴覚過敏と非常に相性が悪く、脳内に突き刺さるように響くのです。

ボクも子どもの声はたいへん聞きにくく、子どもの叫び声は人工内耳では痛みを感じるほどなのですが、あおにとってはそれを上回る負担。

*第2章「❼いつものレストランが満席でパニック！」参照

また、子どもというのは、あおにとって「想定外の行動をする」存在です。

常に一定の範疇《はんちゅう》に物事が収まっていないと落ち着かないあおにとっては、子どもが周辺にいるというだけで、かなり不安になるのです。

特に電車の中など密閉された空間で、近くに子どもや赤ちゃんを連れた母親がいると、ヒヤヒヤして精神状態が不安定になります。


そんなわけで、子どもの泣き声を聞くとパニックを起こしそうになります。

加えて、それをたしなめる親の怒り声を聞いてしまうと、耳をふさいでその場にしゃがみこんでしまったということもありました。

あおは怒鳴り声や怒りを含んだ声を聞いてしまうと、自分のことを責められているように感じるのです。

ただでさえ子どもの泣き声で肉体的にも精神的にもダメージを食らってるところに、怒りを含んだ声は、もう完全にあおの精神状態をズタズタにしてしまうのです。

「子ども禁止車両とかないかしら……」

「子ども禁止席とかかね」

「写真とかで見るだけならかわいいんだけどね、どうしても子どもはダメなんだ……」

と、すごくネガティブな会話もよくします。

友人や親に「子どもがダメ」ということを相談しても、**「子どもができれば変わるよ」**と言われるそうですが、それに対してのあおの反応は**「ふざけんなー！」**です。

「自分に子どもができたら子どもを好きになるとか、なんだそれ！　好きになったら子どもの声がキンキンしなくなったり、どんな行動をいきなりとられても平気とかになるわけ？　そもそも好きになれる気が全然しないよ……」

発達障害のある子どもを育てる苦悩はよく聞きますが、逆に発達障害のある成人が子育てに困るという話もまた聞きます。

あおのように「物理的に」子どもの声がダメだとか、想定外のことでパニックになるタイプの場合は、「愛」や「自分の努力」で子育てがなんとかなるとは思えません。

耳が聞こえないボクにとって「子どもの声を『しっかり聞いて』愛情をもって会話をしろ」というのが非常に難しいのと同じです。努力の問題ではなく、体の機能の問題なのです。

「子どもができれば母性が出て、子どもを好きになるから問題ない」というのもまた一般論でしかなく、あおのような自分の意見を「一般論」や「常識」で押し込めることができない場合は、「母性」に期待して子どもを育てるというのは、たいへん甘い考えとしか言いようがないでしょう。

ですので、ボクたちは子どもがほしいとは今のところ思っていません。

ボクにとって、今の最優先課題は、あおがどうしたらもっと楽に生きていけるかを一緒に模索していくこと。

あおが妊娠・子育てが耐えられないようなら、子どもを望まないというのも、当然あってしかるべきオプションです。そのくらいの覚悟はもって、あおと付き合っています。

もちろん、あおが今以上に強くなって、耐えられるという自信がついてくれれば、話は別です。しかし、今の状態では、まだ普通の生活を送るだけでいっぱいいっぱいで、強くなれるための余裕なんてないのです。

だから、ボクはあおがより余裕のある生活を送れるよう、努力は惜しまないつもりです。

体や脳の障害の問題で、愛情や努力ではどうにもならないこともある。それはつらいことです。しかし、常にそういう問題を抱えているからこそ、ボクとあおはお互いに補い合って、すこしずつわかり合ってここまで来た。だから、ボクはあおが好きだし、あおもボクを支えてくれた。この年月はかけがえのないものだと思います。

もっともっと「頑張らない人生」を目指して、二人で突き進んでいきます。

その先になにがあるかわかりませんが、そう悪いものではないことを信じて。

梅永雄二先生のメッセージ③

一人ひとりの特性を理解して無理をさせない支援を

ＡＳＤの人たちが社会に出て一番気をつかうのが対人関係です。それは、相手の気持ちがわからないため、一般に「ＫＹ」、場の空気が読めない人と思われてしまうからなのです。

第3章では、友人との会話の中で「この服似合う？」と聞かれて、ストレートに「似合わない」と言ってしまったシーンが出てきます。ＡＳＤの人のコミュニケーションが「言葉のキャッチボールではなく、言葉のドッジボール」というのは言い得て妙ですね。

また、あおさんは人の顔を認識することが苦手なようです。いわゆる相貌失認《そうぼうしつにん》といわれるものです。相貌失認では、目、鼻、口など、顔の部分は認識できても、それらが合わさって構成される「顔」の全体像が認識できない状況です。ある人のことをメガネをかけているという特徴で覚えていたとしても、みんながメガネをかけてしまえば混乱し、また髪型が変わっただけでも同じ人かどうかはわからなくなってしまいます。よって、顔ではなく「声」で見分けていました。

このように、ＡＳＤの人の中には声を視覚的に感じてしまう人がいます。私の友人の一人でアスペルガー症候群とＡＤＨＤを重複している女性がいますが、彼女も文字や数字も色でとらえており、職場の上司の人たちも、係長は○色、班長は△色と別の色で感じていました。ちなみに私の声はブルーだということでしたが、どんなふうにとらえられているのでしょうか。

さて、あおさんは振り込め詐欺の電話がかかってきたとき、本気で支払うつもりだったようです。このように、ＡＳＤの人の中には嘘や詐欺が理解できずに信じ込んでしまい、犯罪に巻き込まれることもありえるのです。ある意味、物事に対して素直すぎるのでしょう。

ナイトハーブティーを朝に飲んでしまったと言って混乱するのも、字義どおりに物事を信じ込みすぎるからです。「普通ではないとダメだ」ということも思い込みすぎです。

発達障害の一つであるＡＤＨＤは、不注意、多動、衝動性で定義されていますが、ＡＳＤの特性と似通ったところがあります。とりわけ不注意でほかのことを忘れてしまうということがよくみられます。

以前はＡＳＤがある場合はＡＤＨＤを重複するといった診断はされませんでしたが、近年ＡＳＤ＋ＡＤＨＤ、ＡＳＤ＋ＬＤなどと診断される方も増えてきています。

大枠でＡＳＤやＡＤＨＤの概念を理解することは大切ですが、発達障害の人は一人ひとり異なります。その人の特性を理解し、無理をさせない支援のしかたを検討することが必要です。

Column

1 あお、診断を受ける

子どもの頃から
自分の感覚に
違和感がありました
でも
その正体は
わからなかった…
メッセでの
告白から
付き合い始めた
ばかりの頃…
なんか
きょり
思ってたのと
違う!!
ラーメン屋
帰り
女の子ってのは
フリルやお花や
スイーツが好きで
デートすれば
キャッキャウフフ…
いや そういう
女の子ばかり
じゃないことは
知ってるけど!!
お花
好きだよー
?

その頃ボクは
仕事で障害者支援の
知識があったので
もしや
発達障害!?
ピンときた
あおに聞くと
診断は
ないけど…
そうかなぁと
思ってる
実は あおは
以前から うつで
通院しており
そこで
「自分は
発達障害では
ないか？」と相談
していたのです
しかし
返ってきた
答えは…
うつ症状が
改善してから
考えましょう
なぜ!?
そもそも
うつの原因が
発達障害かも
しれないじゃん!?
解説しましょう

アスペルガーの診断は主に生育歴の聞き取りやWAIS-Ⅲなどの筆記テストで行います
うつ状態で検査を受けると
テストに答えてください
何を聞かれてるかわからない
子どものころのことを話してください
つらすぎて思い出せません
……となりがちで
もうダメだ…
検査じたいの信頼性が低くなるため避ける場合が多いのです
なんと!!
しかし
うつは改善せず…やはり原因を知りたいと再度医師と交渉し
二年後やっと受検にこぎつけました
ロールシャッハ
バウムテスト
PFスタディ
PARS
自閉症スペクトラム指数
WAIS-Ⅲ
多いな!?
お呼びですか?

成人の場合
発達障害が
基盤にあることが
想定できていても
さまざまな
二次障害が
表れていることが
多いので…
ドサ
ドサッ
チック
うつ
不眠
幻覚妄想
不安
PDD
ほかのことが原因で
不適応状態が
起きているのではない
ということを一つずつ
確認します
うつ
チック
幻覚妄想
不眠
不安
PDD
あった
根っこ
なので
検査の種類が
多くなりがち
なのです
ロールシャッハ
バウムテスト
PFスタディ
PARS
自閉症スペクトラム指数
WAIS-Ⅲ
この中ではここが
自閉症に特有の
認知特性を
調べる検査と
なっています
検査は
子どものうちに
受けるほうが
楽なんだなあ
なお、一つの検査につき
二時間以上かかるので
数回に分けて行います
これだけやって
何も出なかったら
どうしよう…
安心しろ!
って言うのも
変だけど…
何も出ないって
ことはないと
思うよ?

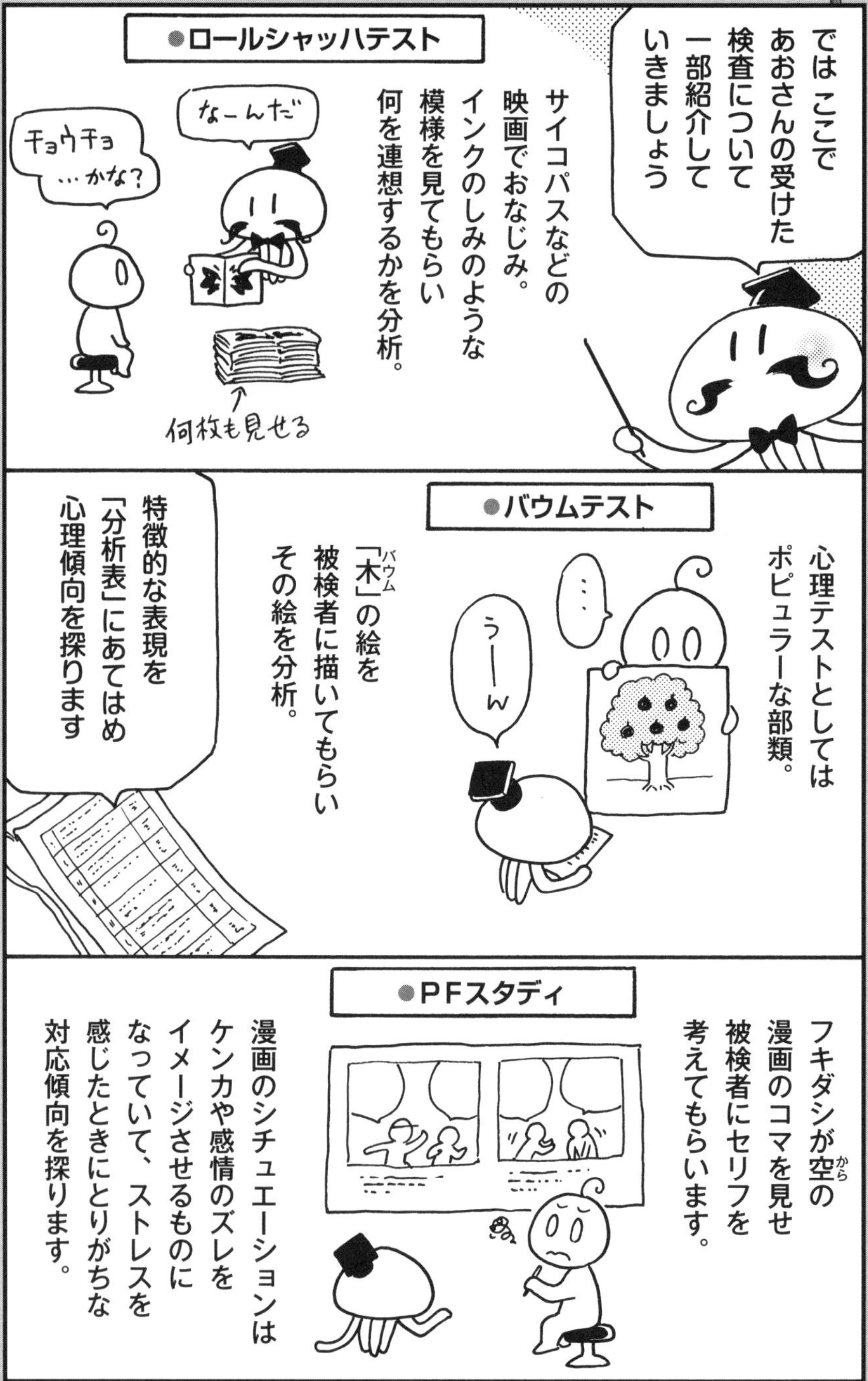
では ここで
あおさんの受けた
検査について
一部紹介して
いきましょう
●ロールシャッハテスト
サイコパスなどの
映画でおなじみ。
インクのしみのような
模様を見てもらい
何を連想するかを分析。
なーんだ
チョウチョ
…かな?
何枚も見せる
●バウムテスト
心理テストとしては
ポピュラーな部類。
…
うーーん
「木《バウム》」の絵を
被検者に描いてもらい
その絵を分析。
特徴的な表現を
「分析表」にあてはめ
心理傾向を探ります
●PFスタディ
フキダシが空《から》の
漫画のコマを見せ
被検者にセリフを
考えてもらいます。
漫画のシチュエーションは
ケンカや感情のズレを
イメージさせるものに
なっていて、ストレスを
感じたときにとりがちな
対応傾向を探ります。

※診断には面接も併用します
●PARS(パーズ)
●自閉症スペクトラム指数(AQ)テスト
●WAIS－Ⅲ
これらのテストは被検者本人による記入式です
予習になるとマズいので詳しいことは書けませんが雑誌などについている性格テストによく似ています
チェック式
さて さまざまなテストの結果 あおは
「広汎性発達障害(PDD)」
と、診断されました
あおは
でも これで前向きに計画を立てられるよ
何を頑張ったらいいのかがわからない状態のほうがつらかった
ショックもあるけど
じゃお祝いだ!!
うん!
チーン!
その夜 ボクらは「診断が出ておめでとう」の乾杯をしたのでした

Column

2 あお、診断を受けて変わったこと

あおが診断を受けて、ボクから見て最もうれしかったことは、**「できないことはできないと納得できた」「努力不足だということではない」**ということを自覚したことです。

診断を受ける前は、**「自分はどうしてこんなに何もできない人間なんだろう」**と悩み、死にたいと思うことも多かったらしいのですが、**「ああ、発達障害があるからまわりの人と比べなくてもいいんだ」**と自分に対して優しくなれたということも含みます。

あおは、診断を受けての感想をこう語っています。

**「診断を受けて気づいたのは、そもそもの生きるということに対するスタート地点が定型発達の人と違うってこと。もともとの脳の作りが違うんだから、もう、どうしようもないことはどうしようもないんだって。これまでは自分の努力不足だと思っていたのが、そうでないとわかった解放感もあったかな。これまでは努力不足だから自分はダメなんだとずっと思い込んでたんだけど、『普通でなくていいんだ』と思えたとき、すごくすっきりした感じがしたよ」**

あおがこの話をしたとき、ボク自身の障害について、いろいろ考えました。

ボクの聴覚障害は発達障害に比べて明らかに「はっきり」とした障害です。ですが、ボクの場合は進行性難聴というのもあり、あまり人から障害に気づかれませんでした。また、自分自身でも、聞こえないことが恥だと思い、聞こえているフリをしていたこともあり、「聴覚障害者」と「健常者」の間でさまよっていた感じがありました。それがすごくおさまりが悪かった。でも、あるとき、「普通でなくていいんだ」と軸足を「聴覚障害」に完全に移したとき、すごく解放感があったのを覚えています。

それと同じ気持ちを、あおが持つことができたのかなと、そのことを共感できるのがうれしかったです。

最後に、診断を受けようと悩んでいる人に、あおからメッセージを。

「専門医とか、いつも混んでて「何か月待ち」の状況が多いけど、楽になるためなら受ける価値はあるんじゃないかなぁ、と思う。なんでかというと、『この生きづらさは誰のせいでもない、脳の構造が違うだけだ』ってことがわかるから」

診断を受けて、すぐに自分の障害を受け入れられる人、そうでない人はさまざまでしょう。しかし、「普通と違う」ということを受け入れることは、決してムダなことではない。ボクもそう思っています。

Column

3 あお、親にカミングアウトする

少し話は戻って——
やっと検査を受けることが
決まった頃のこと…
あおには
一つ心配なことが
ありました
オヤ…
？
親には
何て
言おう⁉
その
問題が
あったか
あおの家族は
うつでの通院は
知っていたけど
発達障害を
疑っているとか
検査を受けるとか
そのへんの経緯は
伝えて
なかったのです

うちの親がすんなり障害とかそういう話を聞くタイプかというと
違うかも…
第一どんなふうに言ったらいいかわかんないよ
そこで
発達障害のテストだということは言わないでおいて
統合失調症の疑いがあるから検査するって
あお母
疑いね
検査が始まってから
統合失調症とかどんな結果でも驚かないよね
今日も検査やったけどまだもう少し調べるって
じょじょにスライドさせ…
少しね

統合失調症ではなく広汎性発達障害らしいんだ!!
でもちょっとだけ不確定な感じ
ついにカミングアウト!!
頑張ったよ!
それで反応は?
それが
そ…
あんまり驚いてなかったみたいだよ
関心がないのかな?
広汎性発達障害がなんなのかピンとこなかったのかも…

後日 聞いたところ
検査したら 何か出るかなと 予想してた部分 あったからね
なんとなく 普通の子どもとは 違うって昔から 思ってたし…
今の時代なら 子どもの頃に わかってたんだ ろうけどね
まあ 診断が出て 薬の調整が ついたのは よかったね
けど 結局
どんな子でも あおは あお だから…
うん… ありがと
親と子(当事者)で 障害の受け止め方は 違うのかもしれない でも……
まず 身近な 親が障害を 受容するって すごく大事なこと だと思うよ!!
特に 子どもには
だね――
うん うん

監修あとがき

身近な人たちがまず理解して

梅永雄二（宇都宮大学教授）

平成一七年四月に施行された「発達障害者支援法」により、「発達障害」という言葉が世間に認知されるようになりました。一方、米国では、「精神障害の診断・統計マニュアル（ＤＳＭ）」第五版（二〇一三年）により、自閉症・アスペルガー症候群などの広汎性発達障害がすべてＡＳＤ（自閉症スペクトラム障害）で統一されることになりました。つまり、まとめていうと「発達障害」とは、ＬＤ（学習障害）、ＡＤＨＤ（注意欠陥・多動性障害）、ＡＳＤ（自閉症スペクトラム障害）のことと考えてよいでしょう。

二〇一二年に全国の小中学校で調査された、発達障害の疑いのある児童生徒は通常の小中学校に約六・五％存在し、その内訳はＬＤが四・五％、ＡＤＨＤが三・一％、ＡＳＤが一・一％でした。この学校調査ではＡＳＤのウェイトが少ないように感じますが、全国に設置されている発達障害者支援センターの相談者は成人が増加し、その障害の割合は圧倒的にアスペルガー症候群などＡＳＤの人となっています。つまり、学校在学中は読み書き・計算などのアカデミックスキルが課題となっているのに対し、学校卒業後の成人生活では対人関係を含む社会性が大きな問題となっているのです。

ＡＳＤの特徴は人によってさまざまですが、社会性（対人関係）に困難を示し、想像力に限界があるため独特のこだわりがある人たちがいます。ただ、基本的な対人関係はパターン化したものであれば学習困難ではなく、イラストや文章があれば理解が容易だといわれています。ＡＳＤ

の人たちに対する支援は、まずは彼らがどのような特性をもっているかを理解することです。そして「場の空気を読め」といった要求をするのではなく、彼らが何に困っているかを理解し、彼らに合った支援をすることです。

本書は、彼氏であるくらげさんから見たあおさんの特性を紹介する視点で書かれていますが、くらげさんの最も素晴らしいところは、あおさんがどのような特性をもっているかを真剣に理解しようと心がけられたところです。一般に専門家の間で「アセスメント」と呼ばれているものです。アセスメントとは、その人を「よく知る、理解する」と考えるといいでしょう。その際、特性をただ理解するだけではなく、何に困っていてどのような支援が必要なのかを考えることが大切になります。くらげさんは、このあおさんに対するアセスメントが卓越していました。第一章の身だしなみに対する独特のこだわり、第二章のパターン化した行動、第三章の毒舌の理由など、一般の人たちにはとても理解できないような彼女の特性を見事に理解し、支援をされています。

私は発達障害のある人たちの社会参加を阻む最も大きな要因は、周りの人たちが彼らを理解していないことだと考えています。できるだけ周りの人たちが発達障害の人を理解し、教師、医師、福祉関係、労働関係など支援を行う専門家だけではなく、くらげさんのように恋人、友人、家族が発達障害の人のニーズや特性を把握し、必要な支援をともに考えることによって、社会参加は容易になるものと思っています。

本書によって、発達障害の人と関わる方だけではなく、広く一般の方々にも発達障害の理解が進むことを切に期待しています。

「特別ではなく普遍的なふたり」

寺島ヒロ

こんにちは 寺島ヒロと申します 漫画家です
このたびは「ボクの彼女は発達障害」読んでいただきありがとうございます
実は この本に参加するきっかけは ツイッターで
誰か ツレとのこと 漫画にしてくれないかな———?
やりたいですー(>∀<)
即レス
タン
カチャ カチャ
というのも、前から くらげさん、あおさん その周辺の人の ツイートを見ていて
絶対 おもしろい本に なる!!
と思ったから
幸い こうして 書籍化が現実の ものとなり、私も 感無量です
ヨカッタ

私にも
広汎性発達障害
(アスペルガー症候群)の
子どもがいるので
まぶしっ
びっくり
不安でばくばく
あおさんの表情やしぐさは
自分の子どもを参考に
描いたりしました
そっくりおやこ
だいたい合っていたみたいなので
似たようなタイプなのかなぁ…
この本は 発達障害を
扱ってはいますが
「他者との出会いと
相互理解」という
普遍的なテーマをもった
本だと思います
当事者である
くらげさんの
率直にして真摯な
語り口の文章は
多くの人に感銘を与える
のではないでしょうか
最後になりましたが
このような本の制作に
関わる機会を
与えてくださった
くらげさん
あおさん
担当編集
小野さん
そして
多くのツイートで
出版を後押ししてくれた
ツイッターのみなさんへ
心からの感謝をささげます
ありがとうございました
Special Thanks!
モリタケさん
ジョージくん

おわりに

Conclusion

すべてはツイッターから始まりました。

あおと付き合う前からボクはツイッターを活用し、主に聴覚障害のある方々や趣味を同じにする方々と交流しておりましたが、あおと付き合ってからは、あおの障害についてやノロケ、普段のおもしろいやりとりなどをツイッターに投稿するようになりました。

ボクとしては単に「ちょっとおもしろいかな」と軽く考えて投稿していたのですが、「発達障害に対するイメージが変わった」「発達障害とはそういうことなのか！」などという反響を数多くいただき、むしろこちらが驚きました。

そのうち、発達障害のある方や、発達障害のあるお子さんをもつ親御さん、まったく障害に関係ないけどツイートに興味をもっていただいた方々などから、「ぜひもっと話を書いて」という声が届くようになりました。

ボクとしても、あおのことをみなさんにぜひ知ってもらいたいし、あお本人もおもしろがっているので、一つのコンテンツとして「くらげのノロケ」と称して、あおのことを積極的にツイートしていくようになりました。

あらためてあおとのドタバタを書くことで、自分のことも客観視できることは大きかったのですが、それ以上に、さまざまな視点からの指摘や意見をいただき、あおの理解にいっそう役立ったのが非常に大きな財産になりました。

ツイッターで意見をくださったみなさんがいなければ、ボクはこのような本を書くに至らなかったでしょう。本当にありがとうございました。

さて、ある日、ツイッター上で頻繁にやりとりする方から「二人の日常を漫画にしたらおもしろいんじゃないか?」というツイートがありました。

そこで、ボクも冗談で「ボクとあおの日常を漫画にしてくれる人はいませんかー!?」とツイートしたら、「私が描きたいー!」と反応がありました。それが、寺島ヒロさんでした。

それに対して「じゃ、描いてください! お願いします!」と返事したら、その翌日には、「あおさんとくらげさんってこんな感じでいいのかなー?」と、ボクとあおのイラストをプレゼントしていただき、それをツイッターにアップしたら大反響をいただきました。

「これはネット連載漫画としてネタになるかな?」と思って、寺島さんと水面下で話を進めていたところ、以前からボクのツイートを見ていたという編集者の小野智美さんから「ちょうど漫画家さんが描いてくれると言っていますし、前からくらげさんのツイートは本にしたいと思ってたんですよ! ぜひ、本にしませんか!」と、すごい勢いで問い合わせがありました。

ボクと寺島さんはそろって「えーー!?」と驚いたのを覚えています。

当初は「本当にボクなんかが本を書いていいんですか？　特にこれという大きな事件もないし、本当にちょっとしたことしか書いてないんですが…」と自信がなかったボクですが、小野さんの「そのちょっとしたのがいいんです！　なによりあおさんと楽しそうに付き合ってるのがスゴイんですよ！　発達障害のある方と接する大事なポイントがいっぱい詰まってるんです！」という説得に折れ、本を刊行する運びになりました。

この本を執筆するにあたって、ボクなりのポリシーを考えました。
それは、あおの発達障害があるがゆえの問題を、社会のせいにも、誰のせいにもしないこと。ただ、あるがままにあおがどのように苦しんでいるか、ボクがどのようにあおに接しているか、ということを中心に書くということです。

なぜなら、ボクにも障害があり、社会や周囲の人間を恨んだこともありました。しかし、恨むことでは結局何も解決しない。それだけは、二九年間障害者として生きていて覚えたことです。

ならば、ボクがあおに何ができたか、何ができなかったか、それだけに絞って書こうと決めました。そうすることで、あおという「人間」がどれほど興味深い人間か、ということを浮かび上がらせることができたと思います。

あおという人物像をとおして、発達障害者への理解の一助となれば、作家冥利に尽きます。

さまざまな事情やボクの遅筆もあり、最初のオファーから二年かかって、やっと書き上げることができました。この間、本当に辛抱強く待っていただいた小野さんには土下座で感謝です。

また、予想に違わず素晴らしい漫画を描いていただいた寺島ヒロさん、ボクの乱文から、あおを的確に分析してくださった梅永雄二先生にも、心よりお礼申し上げます。

最後に。

こんなボクと年月を共に歩んでくれ、多数の喜びを与えてくれたあおに感謝の言葉を。

「すきだよ、あお」

二〇一三年九月　くらげ

学研のヒューマンケアブックス

ボクの彼女は発達障害
障害者カップルのドタバタ日記

2013年9月24日　第1刷発行

著　　者　くらげ
漫　　画　寺島ヒロ
監　　修　梅永雄二

発 行 人　松原史典
編 集 人　川田夏子
企画編集　小野智美

デザイン　株式会社ウィットデザイン

発 行 所　株式会社　学研教育出版
〒141-8413　東京都品川区西五反田2-11-8
発 売 元　株式会社　学研マーケティング
〒141-8415　東京都品川区西五反田2-11-8
印 刷 所　凸版印刷株式会社

●この本に関する各種お問い合わせ先
【電話の場合】
●編集内容については　Tel：03-6431-1576（編集部直通）
●在庫、不良品（落丁、乱丁）については　Tel：03-6431-1201（販売部直通）
【文書の場合】
〒141-8418 東京都品川区西五反田2-11-8
学研お客様センター『ボクの彼女は発達障害』係

●この本以外の学研商品に関するお問い合わせは下記まで。
Tel：03-6431-1002（学研お客様センター）

学研の書籍・雑誌についての新刊情報・詳細情報は、下記をご覧ください。
学研出版サイト　http://hon.gakken.jp/